EDIÇÃO PESADELO

Lewis Carroll

no País das Maravilhas
& Através do Espelho

EDIÇÃO PESADELO

ORIGINAIS DE
1865 & 1871

no País das Maravilhas
& Através do Espelho

Tradução de REGIANE WINARSKI
Ilustrações de CAROLINE MURTA

TRADUÇÃO
Regiane Winarski

PREPARAÇÃO
Karine Ribeiro
e Karen Alvares

ILUSTRAÇÕES
Caroline Murta

REVISÃO
Camilla Mayeda
e Bárbara Parente

DIAGRAMAÇÃO
Marina Avila

2ª edição, 2ª reimpressão
2025 Gráfica Ipsis

DADOS INTERNACIONAIS DE CATALOGAÇÃO NA PUBLICAÇÃO (CIP)
Catalogação na fonte: Bibliotecária responsável: Ana Lúcia Merege - CRB-7 4667

C 319
Carroll, Lewis
Alice no País das Maravilhas; Através do espelho / Lewis Carroll; tradução: Regiane Winarski; prefácio: Marcella Abboud; ilustração: Caroline Murta. - São Caetano do Sul, SP: Wish, 2024.
288 p.
ISBN 978-65-88218-96-9
1. Literatura infantojuvenil I. Winarski, Regiane II. Abboud, Marcella III. Murta, Caroline IV. Título
CDD 028.5

ÍNDICE PARA CATÁLOGO SISTEMÁTICO
1. Literatura infantojuvenil 028.5

EDITORA WISH
www.editorawish.com.br
Redes Sociais: @editorawish
São Caetano do Sul - SP - Brasil

Lewis Carroll

Alice

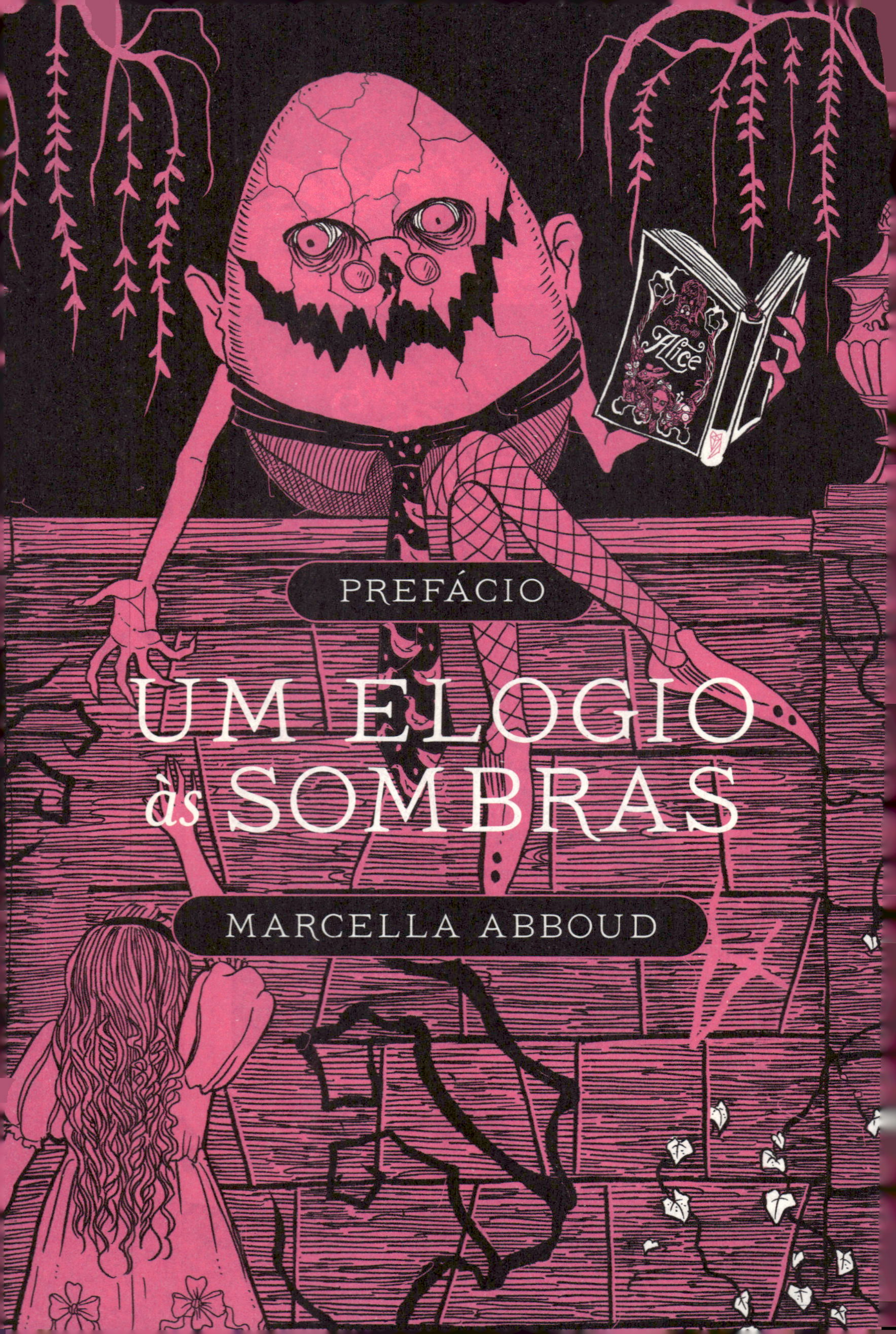
Alice
PREFÁCIO
UM ELOGIO
às SOMBRAS
MARCELLA ABBOUD

Em cada nova edição de *Alice no País das Maravilhas* e *Através do Espelho*, ressurge a pergunta: será que esses livros são realmente para crianças? A cada nova publicação, um novo universo de Alice é criado, dialogando com as edições anteriores e futuras, evidenciando o fenômeno inegável desta obra.

Nesta edição que você tem em mãos, o trabalho gráfico e as ilustrações nos conduzem para um universo que mescla o cômico e o sombrio e nos permitem, como leitores, revisitar os espaços igualmente cômicos e sombrios da nossa própria experiência. É, como gosto de imaginar, um grande elogio às sombras.

Mas como tudo que é sombrio assusta, é preciso dizer: as sombras fazem parte de quem somos e este grande clássico literário soube bem como espelhar isso.

Afinal, como uma obra que data de 1865 é reeditada mais de 150 anos depois (com uma excelente tradução, vale destacar) e segue fazendo sentido e alugando um tríplex no imaginário de todos nós? Mais do que isso: como uma mesma obra literária pode dar vazão às ilustrações enigmáticas de John Tenniel, na mesma medida que mobiliza Walt Disney para, hoje, ser material do assombroso (em todos os sentidos) estilo de Caroline Murta?

Eu tenho uma hipótese: Lewis Carroll usou com maestria o poder simbólico da linguagem. E ela me conduz a uma segunda hipótese: para conseguir esse feito, ele precisou resgatar (nele e em nós) o que há de infantil.

A linguagem humana possui diferentes camadas. Algumas dessas camadas dependem só da realidade para serem compreendidas. Outras, porém, são camadas figuradas, que dependem muito mais do que só a realidade: depende do nosso repertório e da nossa capacidade imaginativa.

Toda vez que falamos que um texto é simbólico, estamos dizendo que existem várias dessas camadas, como se, durante o exercício de leitura, pudéssemos ir descascando elementos significativos, um a um, e a partir deles recriando a história que estamos lendo.

Vamos ao exemplo do próprio *Alice*: a Toca do Coelho. Se a gente quisesse pensar na Toca do Coelho em sua primeira camada de significação, a literal, pensaríamos em um espaço sem terra. Bom, aí não caberia nada além de um coelho, e a história nem sequer continuaria. Isso me indica que a Toca do Coelho é muito mais do que só a Toca do Coelho.

A Toca do Coelho seria uma metáfora de uma jornada para dentro de nós mesmos? Eu diria que, com certeza, sim, há elementos na história que indicam como Alice, uma vez adentrando a Toca do Coelho, está buscando formas de autoconhecimento. Mas também não seria absurda a ideia de que a Toca do Coelho correspondesse ao mundo dos sonhos, da imaginação infantil, dado que a quebra de lógica, típica dos espaços oníricos, começa a acontecer justamente na entrada da Toca. Poderia, enfim, dizer ainda que a Toca do Coelho é um portal mágico de acesso às camadas

inconscientes do desejo humano? Poderia, também. E é bem provável que, enquanto você me lê, outras Tocas de Coelho estejam ecoando na sua leitura.

Isso é um símbolo.

É interessante distinguir esse conceito do de alegoria, por exemplo. Alegorias nadam de braçadas nas narrativas "tipicamente" infantis, como as fábulas* tradicionais. São os lobos como alegorias do mal; tartarugas, da sabedoria; mães/madrastas, da competitividade. Mas, se lemos com

* As fábulas são geralmente curtas narrativas que apresentam animais antropomórficos (com características humanas) como personagens principais. Elas frequentemente têm uma moral ou lição de vida clara no final. [N.E.]

cuidado, percebemos que nenhuma alegoria clássica aparece confirmada na obra de Carroll. Há tartarugas, sim, mas não representam sabedoria – pelo contrário, uma Tartaruga Falsa narra histórias confusas. Há coelhos que não são símbolos de rapidez, mas de uma relação conflituosa com o tempo. E se, por um lado, é possível identificar a personificação nas personagens, como é recorrente na literatura infantojuvenil, pouco se quer ensinar com ela como uma criança deve viver.

Esse é um ponto fundamental para o qual eu quero chamar atenção: Alice não é uma obra que se pretende pedagógica ou moralizante. Não busca ensinar algum comportamento desejável às crianças, como no caso das fábulas ou alguns contos de fadas.

Pelo contrário: o epílogo de *Alice no país das maravilhas* sugere que, no futuro, uma Alice adulta manteria o "coração simples e amoroso da infância" enquanto mantivesse vivo o sonho do "País das Maravilhas". Logo, se as fábulas usam da personificação de atitudes tipicamente adultas para ensinar como crianças *devem* agir, Alice é quase uma antifábula, pois mostra que as atitudes mais tipicamente infantis é que ensinam um modo de viver aos adultos.

E que modo de viver é esse de que precisamos, já adultos, aprender com as crianças? Um modo de vida em que o sonho seja soberano; em que o lúdico seja incentivado; em que a lógica seja a loucura. Um modo de vida que não foge às próprias sombras; pelo contrário, convoca-as a participar! Um modo, enfim, em que o pesadelo não nos desperte para a realidade, mas nos impele a ir ainda mais fundo nos caminhos macabros que nos habitam.

Nas duas obras, *no País das Maravilhas* e *Através do espelho,* existe um jogo entre as personagens e existe, ainda nesse jogo, um convite para que nós, leitores, também joguemos com a história. As regras, embora não ditas, ficam claras.

I. Abra mão da lógica

O mundo dos sonhos é o mundo da ausência de lógica. Ou, para sermos ainda mais exatos: o mundo do *nonsense**. Lewis Carroll é reconhecido como o grande precursor da literatura *nonsense*, essa que, para existir, pauta-se em sonhos, paradoxos, imagens impossíveis, e no absurdo para existir. Do mesmo jeito que tiramos os sapatos para entrar em brincadeiras infantis, é preciso tirar o nosso apego à racionalização para entrar no mundo de Alice.

II. Desista das respostas fáceis

Alice pergunta muito e o tempo todo. Nunca, porém, recebe a resposta que espera ou que julgava ser uma resposta adequada: ao contrário, recebe informações soltas, ordens perigosas, charadas, conceitos enigmáticos. Tudo que é oferecido a Alice – e a nós, por tabela – são caminhos possíveis. A gente é que constrói a nossa própria resposta.

III. Aceite quem você é

O trajeto que Alice percorre do jardim de margaridas ao País das Maravilhas pode representar, como vimos, a viagem de si para si. A criança, que às vezes cresce, em outras encolhe, vai aprendendo sobre si mesma a cada situação inusitada e surpreendente. Mas uma lição que fica é que são os encontros com a diferença que nos ensinam quem somos. E é preciso aceitar e celebrar quem somos.

* A literatura *nonsense* é um gênero que desafia as convenções tradicionais da narrativa ao explorar o absurdo, a ilógica e o humor. [N.E.]

IV. Conviva com a loucura

— Você pode fazer a gentileza de me dizer que caminho devo seguir daqui?

— Depende muito de para onde você quer ir — disse o Gato.

— Eu não ligo muito para onde... — disse Alice.

— Então não importa que caminho você vai seguir — disse o Gato.

— ... desde que eu chegue em algum lugar — acrescentou Alice como explicação. (...)

— Naquela *direção — disse o Gato, balançando a pata direita — mora um Chapeleiro; e* naquela *direção — balançando a outra pata — mora uma Lebre de Março. Visite qual dos dois você quiser. Ambos são loucos.*

— Mas eu não quero andar entre pessoas loucas — observou Alice.

— Ah, isso não dá para evitar — disse o Gato —; nós todos somos loucos aqui. Eu sou louco. Você é louca.

Alice não pode fugir à loucura se o lugar em que ela chegou por conta própria é constituído pela loucura. Arrisco dizer que essa loucura, nos termos postos pelo Gato, é o único jeito de um adulto vivenciar a magia do lúdico infantil que acaba sendo silenciado pelo processo de *adultecer*.

O jogo proposto pelas obras, e para o qual estamos sendo convidados página a página, desenha um caminho para a constituição da nossa identidade. E o jeito de escapar do mundo externo para adentrar a nossa Toca do Coelho e nos entender melhor, é enlouquecer. Isso nos conduz à última regra.

V. Permita-se ter sombras

Se há algo de muito especial nesta edição de Alice é que ela é sombria. Não é a primeira vez que as sombras que permeiam a obra são trazidas à tona: até a versão mais pueril da Disney tinha aquele gato com um

À ESQUERDA:

Alice Liddell, fotografada por Lewis Carroll em 1858

ABAIXO:

Lewis Carroll em 1863

sorriso inesquecível e uma Rainha de Copas tenebrosa. Mas aqui estamos falando de um elogio completo às sombras.

Um pensamento racionalizante e muito adulto (no pior sentido do termo) olha para as crianças como pertencentes a um lugar onde só há luzes, bondade, doçura e inocência. Parece elogioso, mas não é. Abrir mão das sombras inevitáveis à existência humana é cercear uma parte de todos nós e, pior, deixar as crianças com uma experiência parcial da vida.

Crianças não compreendem menos; compreendem *diferente*. Crianças são muito mais bem preparadas para uma interpretação criativa do que adultos, porque contêm dentro de si o real e a fantasia, completamente misturados e indissociáveis.

Por isso, embora muitos insistam que não, Alice é um livro infantil. Talvez *não só* para crianças, mas infantil. Porque está no infantil a nossa capacidade de compreender a falta de lógica inevitável de existir e, com isso, o nosso lado leitor.

Crianças aceitam a diferença. Crianças aceitam o bizarro que habita dentro delas e dentro do outro.

Crianças se encantam pelas sombras e fazem delas material criativo.

Crianças sabem, melhor do que nós, que, quando as luzes acabam e só resta uma vela cansada e uma parede vazia, são as sombras de mãos criativas que fazem o teatro – e, portanto, a vida – acontecer.

Convide suas sombras para o jogo e boa leitura!

Marcella Abboud é licenciada em Letras e Pedagogia, Mestra e Doutora em Crítica Literária. Escritora e professora, apaixonada por livros e histórias em todas as suas etapas. Autora de *Jogadas na Rede* e *Como sobreviver ao Oito de Março* (Letramento).

no País
das Maravilhas

[1865]

ALICE NO PAÍS
DAS MARAVILHAS

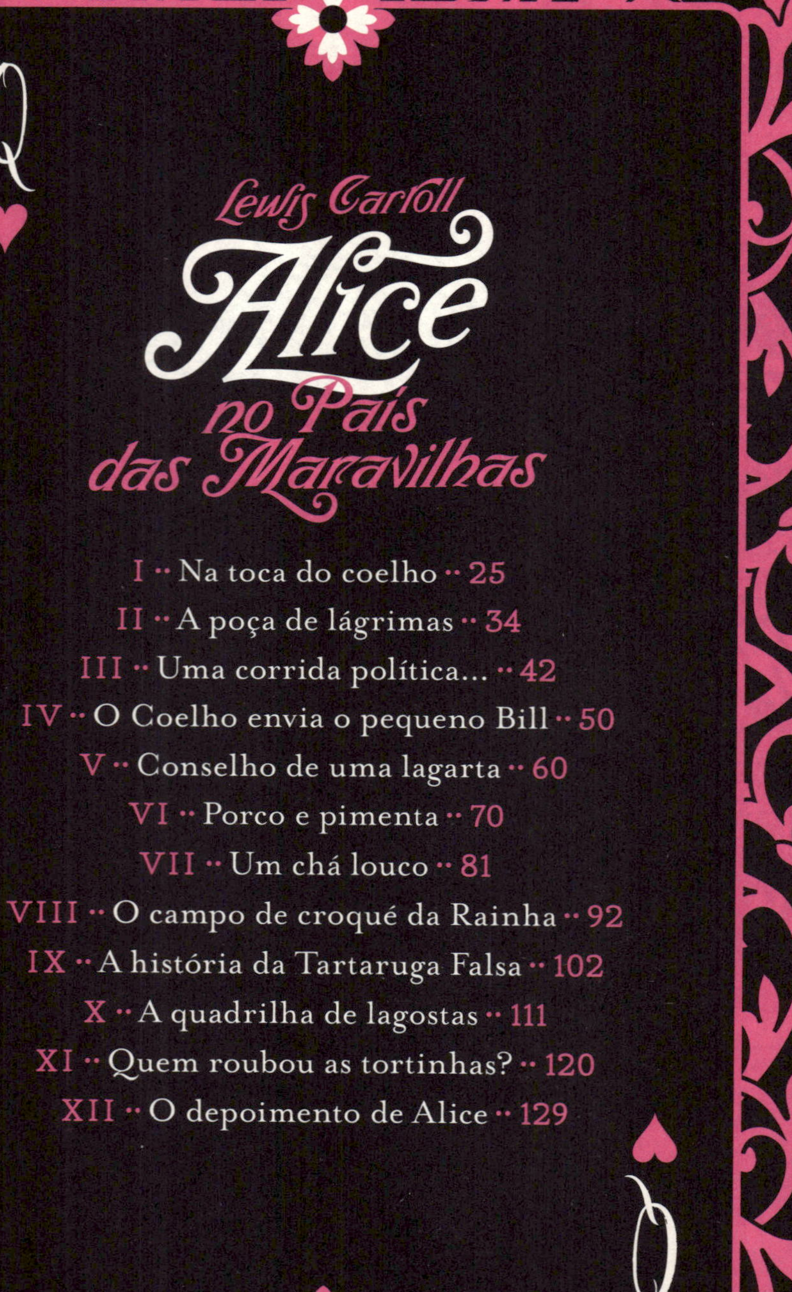
Q
Lewis Carroll
Alice
no País
das Maravilhas
Q

GELÉIA DE
LARANJA

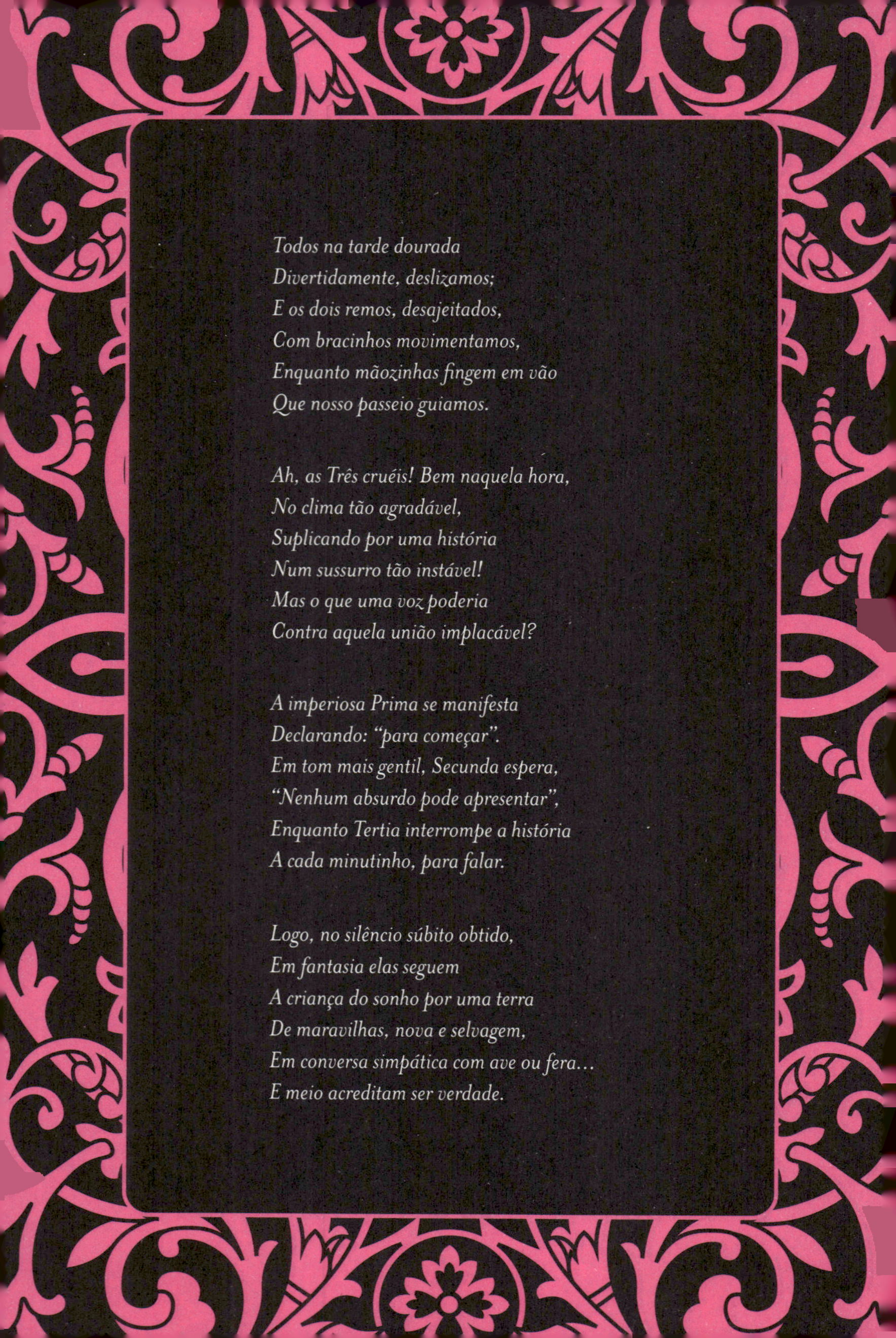

Todos na tarde dourada
Divertidamente, deslizamos;
E os dois remos, desajeitados,
Com bracinhos movimentamos,
Enquanto mãozinhas fingem em vão
Que nosso passeio guiamos.

Ah, as Três cruéis! Bem naquela hora,
No clima tão agradável,
Suplicando por uma história
Num sussurro tão instável!
Mas o que uma voz poderia
Contra aquela união implacável?

A imperiosa Prima se manifesta
Declarando: "para começar".
Em tom mais gentil, Secunda espera,
"Nenhum absurdo pode apresentar",
Enquanto Tertia interrompe a história
A cada minutinho, para falar.

Logo, no silêncio súbito obtido,
Em fantasia elas seguem
A criança do sonho por uma terra
De maravilhas, nova e selvagem,
Em conversa simpática com ave ou fera...
E meio acreditam ser verdade.

Como sempre, com o fim
da história,
O poço da fantasia esgotado,
E lutando com fraqueza e cansaço
Para deixar o assunto no passado,
"O resto na próxima vez..."
"Já é a próxima vez!"
O coro das três gritou, animado.

Assim nasceu o País das Maravilhas:
Aos pouquinhos, a cada passada,
Os eventos pitorescos foram criados.
E agora, com história contada,
Para casa seguimos, uma trupe alegre
Na tarde quase encerrada.

Alice! Eis uma perspectiva infantil.
Seja gentil com essa história,
Coloque-a onde os sonhos da Infância se cruzam
Com o misticismo da Memória,
Como uma guirlanda seca de peregrinos
Colhida numa terra ilusória.

NA TOCA DO COELHO

Alice estava começando a sentir um enorme cansaço de ficar sentada ao lado da irmã na beira do rio e de não ter nada para fazer: uma ou duas vezes, ela tinha espiado o livro que a irmã estava lendo, mas não tinha figuras nem conversas, *e de que adianta um livro*, pensou Alice, *sem figuras e sem conversas?*

Por isso, ela estava considerando em pensamento (da melhor forma que conseguia, já que o calor a deixava sonolenta e estúpida) se o prazer de fazer uma coroa de margaridas valeria o esforço de se levantar e colher as flores, quando, de repente, um Coelho Branco de olhos cor-de-rosa passou correndo por ela.

Não havia nada de *muito* impressionante naquilo; e Alice também não achou *muito* esquisito ouvir o Coelho dizer para si mesmo: "Oh, céus! Oh, céus! Chegarei atrasado!" (quando pensou no assunto depois, ocorreu-lhe que devia ter se impressionado com isso, mas na hora tudo pareceu muito natural); mas quando o Coelho efetivamente *tirou um relógio do bolso do colete* e olhou para ele e se apressou ainda mais, Alice deu um pulo e se levantou, pois pensou que nunca tinha visto um coelho com bolso de colete nem com relógio de bolso para tirar de lá de dentro, e, ardendo de curiosidade, correu pelo campo atrás dele, e felizmente chegou bem a tempo de vê-lo pular em um buraco grande de coelho debaixo da cerca-viva.

No momento seguinte, lá foi Alice, logo atrás, sem considerar uma única vez como faria para sair dali.

O buraco do coelho seguia como uma espécie de túnel e depois se inclinava subitamente, tão subitamente que Alice não teve nem um momento para pensar em parar antes de se ver despencando por um poço muito fundo.

Ou o poço era muito fundo ou ela caiu muito devagar, pois ela teve tempo suficiente enquanto caía para olhar ao redor e se perguntar o que aconteceria em seguida. Primeiro, tentou olhar para baixo e entender para onde estava indo, mas estava escuro demais para ver qualquer coisa; depois, ela olhou para as laterais do poço e reparou que eram cheias de armários e estantes; aqui e ali, viu mapas e quadros pendurados em ganchos. Ela pegou um pote em uma prateleira ao passar; o rótulo dizia "GELEIA DE LARANJA", mas, para sua grande decepção, estava vazio; ela não quis largar o pote por medo de matar alguém lá embaixo e conseguiu colocá-lo em um dos armários quando passou caindo.

Ora!, pensou Alice consigo mesma, *depois de uma queda dessas, não será nada cair por uma escada! Como vão me achar corajosa*

GELEIA DE
LARANJA

em casa! Eu não diria nada nem se caísse de cima de casa! (O que provavelmente era verdade.)

Para baixo, para baixo, para baixo. Aquela queda *nunca* terminaria?

— Quantos quilômetros será que já caí? — disse ela em voz alta. — Devo estar chegando perto do centro da Terra. Vejamos: isso seriam 6.500 quilômetros para baixo, eu acho... — (pois, sabe, Alice tinha aprendido várias coisas desse tipo nas aulas na escola, e embora aquela não fosse uma oportunidade *muito* boa de exibir seu conhecimento, pois não havia ninguém para ouvir, ainda era um bom treino dizê-lo) — ... sim, é essa a distância mesmo... mas aí eu me pergunto: em que latitude ou longitude vim parar? — (Alice não tinha ideia do que era latitude, nem longitude, mas achava que eram palavras grandiosas e boas de se dizer.)

Ela logo recomeçou.

— Queria saber se vou cair *através* da Terra! Que engraçado vai ser sair no meio das pessoas que andam com a cabeça para baixo! Os Antipatias, eu acho... — (ela ficou bem feliz de *não haver* ninguém ouvindo desta vez, pois não pareceu ser a palavra certa) —, ... mas vou ter que perguntar qual é o nome do país. Por favor, senhora, aqui é a Nova Zelândia ou a Austrália? — (E ela tentou fazer uma reverência enquanto falava... tente fazer uma *reverência* enquanto cai pelo ar! Você acha que consegue?) — E que garotinha ignorante ela vai achar que eu sou por perguntar! Não, não é boa ideia perguntar: talvez eu veja escrito em algum lugar.

Para baixo, para baixo. Não havia mais nada a fazer, e Alice logo começou a falar de novo.

— Dinah vai sentir muito a minha falta esta noite, eu acho! — (Dinah era a gata.) — Espero que se lembrem do pires de leite dela na hora do chá. Dinah, minha querida!

Eu queria que você estivesse aqui embaixo comigo! Não tem ratos no ar, infelizmente, mas você talvez pegasse um morcego, que é bem parecido com um rato, sabe? Mas gatos comem morcegos, será? — E aí Alice começou a ficar meio sonolenta e continuou falando sozinha de um jeito meio sonhador: — Gatos comem morcegos? Gatos comem morcegos? — E, às vezes: — Morcegos comem gatos? — Pois, como ela não sabia responder a nenhuma das duas perguntas, não fazia muita diferença de que forma as fazia. Ela sentiu que estava pegando no sono e tinha começado a sonhar que estava andando de mãos dadas com Dinah e dizendo para ela com sinceridade, "Dinah, fale a verdade, você já comeu um morcego?" quando, de repente, tum! Tum! Ela caiu em cima de uma pilha de gravetos e folhas secas, e a queda acabou.

Alice não se machucou nadinha e pulou para ficar de pé num instante. Ela olhou para cima, mas tudo estava escuro no alto; à frente dela havia outra passagem longa, e o Coelho Branco ainda estava à vista, correndo por ela. Não havia um momento a perder: lá foi Alice como o vento, e foi bem a tempo de ouvi-lo dizer ao dobrar uma esquina:

— Ah, por minhas orelhas e bigodes, como está ficando tarde!

Ela estava logo atrás dele quando dobrou a esquina, mas o Coelho não podia mais ser visto: ela se viu em um salão comprido e baixo, que era iluminado por uma fileira de lâmpadas penduradas no teto.

Havia portas por todo o salão, mas todas estavam trancadas; e quando Alice já tinha percorrido um lado todo e depois o outro, experimentando todas as portas, ela andou com tristeza pelo meio, perguntando-se se um dia sairia dali.

De repente, encontrou uma mesa de três pernas, toda feita de vidro maciço; não havia nada nela exceto uma chavezinha dourada, e o primeiro pensamento de Alice foi que devia pertencer a uma das portas do salão; mas, não! Ou as fechaduras eram grandes demais ou a chave era pequena demais, mas, de qualquer modo, não abria nenhuma. Entretanto, na segunda volta, ela encontrou uma cortina baixa que não tinha notado antes, e por trás dela havia uma porta de uns quarenta centímetros de altura: ela experimentou a chavezinha dourada e, para seu grande deleite, serviu!

Alice abriu a porta e viu que levava a uma passagenzinha, não muito maior do que um buraco de rato: ela se ajoelhou e olhou pela passagem para o jardim mais lindo que já se viu. Como desejou sair daquele salão escuro e andar por entre aqueles canteiros de flores coloridas e chafarizes lindos, mas não conseguia enfiar nem a cabeça pela passagem. *E, mesmo que a minha cabeça passasse*, pensou a pobre Alice, *não adiantaria de muita coisa sem meus ombros. Ah, como eu queria poder encolher como um telescópio! Acho que eu poderia, se ao menos soubesse como começar.* Pois, sabe, tantas coisas inesperadas tinham acontecido nos últimos tempos que Alice tinha começado a pensar que poucas coisas eram de fato impossíveis.

Parecia não adiantar de nada esperar ao lado da portinha, então ela voltou até a mesa, meio na esperança de encontrar outra chave nela ou pelo menos um livro de regras para encolher pessoas como se fossem telescópios. Desta vez, ela encontrou uma garrafinha em cima (*Que certamente não estava aqui antes*, pensou Alice) e no gargalo da garrafa havia uma etiqueta de papel com a palavra "BEBA-ME" escrita com lindas letras grandes.

Não havia problema em dizer "Beba-me", mas a sábia Alice não faria *isso* apressadamente.

— Não, vou olhar primeiro — disse ela — e ver se tem a marca de "*veneno*" ou não.

Isso porque ela tinha lido várias historinhas sobre crianças que se queimaram e foram comidas por animais selvagens e outras coisas desagradáveis só porque *não* se lembraram das regras simples que os amigos tinham ensinado; como, por exemplo, que um atiçador de fogo, de tão quente, queima se você o segurar por muito tempo e que, se você cortar seu dedo *muito* fundo com uma faca, ele costuma sangrar. E ela nunca tinha esquecido que, se você beber demais de uma garrafa marcada como "veneno", é quase certo que vá cair mal, mais cedo ou mais tarde.

Entretanto, naquela garrafa *não* estava escrito "veneno", então Alice se aventurou a experimentá-la e, ao achar bem gostoso (tinha, na verdade, um sabor misturado de tortinha de cereja, mingau, abacaxi, peru assado, *toffee* e torrada quente com manteiga), ela logo acabou com o conteúdo.

* * * * * *
* * * * *
* * * * * *

— Que sensação curiosa! — disse Alice. — Devo estar encolhendo como um telescópio!

E de fato aconteceu: ela estava com apenas vinte e cinco centímetros de altura, e seu rosto se iluminou com a ideia de que ela tinha agora o tamanho certo para passar pela portinha e chegar àquele lindo jardim. Mas primeiro ela esperou alguns minutos para ver se encolheria mais. Ficou um pouco nervosa com isso; *pois pode acabar, sabe,* disse Alice para si mesma, *comigo sumindo completamente, como uma vela. Fico imaginando, como será que isso seria?* E ela tentou imaginar como a chama de uma vela fica depois que a vela é soprada, pois não conseguia se lembrar de ter visto tal coisa.

Depois de um tempo, ao ver que mais nada aconteceu, ela decidiu entrar no jardim de uma vez. Mas, infelizmente para a pobre Alice, quando chegou à porta, ela viu que tinha esquecido a chavezinha dourada, e quando voltou à mesa para pegá-la, percebeu que não tinha como alcançá-la. Ela a via com clareza pelo vidro e se esforçou para escalar uma das pernas da mesa, mas era escorregadia demais; e quando se cansou de tanto tentar, a pobrezinha se sentou e chorou.

— Não adianta nada chorar assim! — disse Alice para si mesma, com certa rispidez. — Aconselho você a parar agora mesmo! — Ela costumava se dar bons conselhos (embora raramente os seguisse) e às vezes repreendia a si mesma com tanta severidade a ponto de ficar com lágrimas nos olhos. E uma vez ela se lembrou de tentar guardar as próprias lágrimas por ter trapaceado consigo mesma em um jogo de croqué que estava jogando contra si, pois essa criança curiosa gostava muito de fingir que era duas pessoas. *Mas não adianta agora*, pensou a pobre Alice, *fingir ser duas pessoas! Ora, o que sobrou de mim é tão pouco que mal forma uma pessoa respeitável!*

Em pouco tempo, seus olhos pousaram em uma caixinha de vidro que estava debaixo da mesa. Ela a abriu e encontrou um bolinho dentro, no qual a palavra "COMA-ME" estava lindamente escrita com groselhas.

— Bem, vou comer — disse Alice —, e se isso me fizer ficar maior, posso pegar a chave. E se me fizer ficar menor, posso passar por baixo da porta. De qualquer modo, vou chegar ao jardim, e não ligo para qual das duas coisas vai acontecer!

Ela comeu um pedacinho e disse ansiosamente para si mesma:

— Que caminho? Que caminho?

Fez isso com a mão em cima da cabeça para sentir para onde estava crescendo, e ficou bem surpresa de descobrir que permanecia do mesmo tamanho. Claro, isso costuma acontecer quando se come bolo, mas Alice tinha se acostumado tanto a esperar que coisas inesperadas acontecessem, que pareceu bobo e idiota que a vida continuasse do jeito de sempre.

Ela se pôs a trabalhar e logo terminou o bolinho todo.

A POÇA DE LÁGRIMAS

— Que coisa mais estranhosa! — exclamou Alice (ela estava tão surpresa que, por um momento, esqueceu-se de como falar corretamente). — Agora estou esticando como o maior telescópio que já existiu! Adeus, pés! — (Pois quando ela olhou para os pés, eles pareciam estar quase fora do alcance da visão de tão longe que estavam.) — Ah, meus pobres pezinhos, quem será que vai colocar seus sapatos e meias de agora em diante, queridos? Tenho certeza de que *eu* não vou conseguir! Vou estar longe demais para me incomodar com vocês; vocês vão ter que se virar da melhor forma que puderem. — *Mas preciso ser gentil com eles*, pensou Alice, *senão eles não vão andar na direção que eu quiser ir! Vamos ver: vou dar a eles um novo par de botas em cada Natal.*

E ela continuou planejando sozinha como faria. *Vão ter que ir por mensageiro*, pensou ela. *E que engraçado vai ser mandar presentes para os meus próprios pés! E como o endereçamento vai ser estranho!*

Exmo. sr. Pé Direito da Alice,
Tapete da lareira,
Perto da grade,
(com amor, da Alice)

Ah, nossa, que besteira estou falando!

Nessa hora, sua cabeça bateu no teto do salão. Na verdade, ela estava agora com mais de dois metros e setenta centímetros de altura, e na mesma hora pegou a chavezinha dourada e correu para a porta que levava ao jardim.

Pobre Alice! O máximo que pôde fazer foi se deitar de lado e olhar para o jardim com um olho; mas passar estava tão impossível quanto antes. Ela se sentou e começou a chorar de novo.

— Você devia ter vergonha — disse Alice —, uma garota grande como você — (ela podia muito bem dizer isso) — chorando assim! Pare agora mesmo, estou dizendo! — Mas ela continuou mesmo assim, derramando galões de lágrimas, até haver uma poça enorme em volta dela, com dez centímetros de profundidade e chegando à metade do salão.

Depois de um tempo, ouviu um barulhinho de pés ao longe e, apressada, secou os olhos para ver o que estava chegando. Era o Coelho Branco voltando, esplendidamente vestido, com um par de luvas brancas infantis em uma das mãos e um leque grande na outra. Ele veio correndo com muita pressa, murmurando ao se aproximar:

— Ah! A Duquesa, a Duquesa! Ah! Ela vai ficar uma fera se eu a fizer esperar!

Alice sentiu tamanho desespero que estava pronta para pedir ajuda a qualquer um; portanto, quando o Coelho chegou perto dela, ela começou a falar, com voz baixa e tímida:

— Por favor, senhor...

O Coelho teve um sobressalto violento, largou as luvas brancas e o leque e saiu correndo para a escuridão o mais rápido que pôde.

Alice pegou o leque e as luvas e, como o salão estava muito quente, começou a se abanar o tempo todo enquanto falava:

— Minha nossa! Como tudo está estranho hoje! E ontem as coisas foram como sempre. O que será que mudou durante a noite? Preciso pensar: eu era a mesma quando acordei de manhã? Eu quase acho que me lembro de me sentir meio diferente. Mas, se eu não sou a mesma, a próxima pergunta é: quem eu sou? Ah, *esse* é o grande enigma!

E ela começou a pensar em todas as crianças que conhecia que tinham a mesma idade dela, para ver se poderia ter sido trocada por alguma delas.

— Certamente não sou Ada — disse ela —, pois o cabelo dela cai em cachos longos, e o meu não tem cacho nenhum; e tenho certeza de que não posso ser Mabel, pois eu sei vários tipos de coisas e ela, ah! ela sabe muito pouco! Além do mais, *ela* é ela, e *eu* sou eu, e... minha nossa, como isso tudo é confuso! Vou tentar ver se sei as coisas que eu sabia. Vamos ver: quatro vezes cinco é doze e quatro vezes seis é treze e quatro vezes sete é... minha nossa! Nunca vou chegar ao vinte nesse ritmo! No entanto, a tabuada de multiplicação não quer dizer nada; vamos tentar geografia. Londres é a capital de Paris e Paris é a capital de Roma e Roma é... não, está *tudo* errado, tenho certeza! Devo ter sido trocada com Mabel! Vou tentar recitar "*Como o pequeno...*"

E ela cruzou as mãos no colo como se estivesse dando uma aula, e começou a repetir, mas sua voz soou rouca e estranha, e as palavras não saíram como costumavam:

> *"Como o pequeno crocodilo*
> *Cuida da cauda brilhante,*
> *E joga as águas do rio Nilo*
> *Em cada escama cintilante!*
>
> *Com que alegria ele parece sorrir*
> *Com que cuidado abre cada garra,*
> *E recebe todos os peixinhos por vir*
> *Para dentro da sorridente bocarra!"*

— Tenho certeza de que não são as palavras certas — disse a pobre Alice, e seus olhos se encheram de lágrimas de novo quando ela continuou. — Devo ser Mabel, afinal, e vou ter que ir morar naquela casinha apertada sem ter brinquedos com que brincar e, ah! tantas coisas para aprender! Não, eu já decidi; se eu for Mabel, vou ficar aqui! Não vai adiantar botarem a cabeça aqui embaixo e dizerem "Suba, querida!". Eu só vou olhar para cima e dizer "Quem eu sou, então? Digam-me isso primeiro e então, se eu gostar de ser essa pessoa, eu subirei; se eu não gostar, vou ficar aqui embaixo até ser outra pessoa". Mas, ai de mim! — exclamou Alice com uma explosão súbita de lágrimas. — Eu queria que *botassem* a cabeça aqui embaixo! Estou *tão* cansada de estar sozinha aqui!

Quando falou isso, ela olhou para as mãos e ficou surpresa de ver que tinha colocado uma das luvinhas brancas de criança do Coelho enquanto estava falando.

Como eu posso ter feito isso?, pensou ela. *Devo estar ficando pequena de novo.*

Ela se levantou e foi até a mesa para se medir, e descobriu que, da forma mais aproximada que podia avaliar, estava agora com uns sessenta centímetros de altura e estava encolhendo rapidamente: ela logo descobriu que a causa disso era o leque que estava segurando e o largou, a tempo de evitar encolher tanto a ponto de sumir.

— Essa *foi* por pouco! — disse Alice, bem assustada pela mudança repentina, mas bem feliz de se ver ainda existindo. — E agora, para o jardim!

E ela saiu correndo a toda velocidade para a portinha; mas infelizmente a portinha estava fechada de novo, e a chavinha dourada estava na mesa de vidro, como antes. *E as coisas estão piores do que nunca*, pensou a pobre criança, *pois eu nunca fiquei tão pequena quanto estou agora, nunca! E declaro que é péssimo, é sim!*

Quando falou essas palavras, seu pé escorregou, e em mais um momento, *splash*! Ela estava com água salgada até o queixo. Sua primeira ideia era que tinha de alguma forma caído no mar *e, nesse caso, posso voltar de ferrovia*, disse ela para si mesma. (Alice tinha ido ao litoral uma vez na vida e tinha chegado à conclusão geral de que, sempre que se vai para a costa inglesa, há uma quantidade de máquinas de banho no mar, algumas crianças cavando na areia usando pás de madeira, uma fileira de pensões e, atrás delas, uma estação ferroviária.) Entretanto, ela logo percebeu que estava na poça de lágrimas que tinha chorado quando estava com dois metros e setenta centímetros de altura.

— Eu queria não ter chorado tanto! — disse Alice enquanto nadava, tentando encontrar a saída. — Serei punida por isso agora, imagino, afogando-me nas minhas próprias lágrimas! Isso *vai* ser uma coisa estranha, tenho certeza! Se bem que tudo está estranho hoje.

Nessa hora, ela ouviu alguma coisa na poça um pouco mais distante e nadou para mais perto para ver o que era; primeiro, achou que devia ser uma morsa ou um hipopótamo, mas depois lembrou como estava pequena agora e logo percebeu que era só um rato que tinha escorregado lá para dentro, como ela.

Adiantaria alguma coisa, pensou Alice, *falar com esse rato? Tudo está tão incomum aqui embaixo que acho bem provável que ele fale; de qualquer modo, não há mal em tentar.*

Por isso, ela falou:

— Ó Rato, você sabe como se sai desta poça? Estou muito cansada de nadar aqui, ó Rato!

(Alice achava que esse devia ser o jeito certo de falar com um rato; nunca tinha feito isso antes, mas se lembrava de ter visto na gramática de latim do irmão: "Um rato — de um rato — para um rato — um rato — ó rato!")

O Rato olhou para ela de forma inquisitiva e pareceu-lhe que piscou com um dos olhinhos, mas não disse anda.

Talvez não entenda inglês, pensou Alice. *Eu diria que deve ser um rato francês que veio com Guilherme, o Conquistador.* (Pois, com todo seu conhecimento de história, Alice não tinha uma noção muito clara de quanto tempo antes isso tinha acontecido.) Por isso, ela tentou de novo:

— *Où est ma chatte?* — Que era a primeira frase do livro de francês dela.

O Rato deu um salto súbito da água e pareceu começar a tremer todinho de medo.

— Ah, me perdoe! — gritou Alice rapidamente, com medo de ter magoado os sentimentos do pobre animal. — Eu esqueci que vocês não gostam de gatos.

— Não gostamos de gatos! — exclamou o rato com uma voz estridente e veemente. — *Você* gostaria de gatos se fosse eu?

— Bem, talvez não — disse Alice com um tom tranquilizador. — Não fique com raiva por causa disso. Mas eu queria poder te mostrar nossa gata Dinah; acho que você passaria a gostar de gatos se pudesse vê-la. Ela é uma coisinha tão calminha. — Alice continuou, meio para si mesma, enquanto nadava preguiçosamente pela poça: — E ela fica ronronando tão lindamente junto ao fogo, lambendo as patas e lavando o rosto, e é uma coisinha tão macia de pegar no colo, e é tão boa em pegar ratos... ah, perdão! — exclamou Alice de novo, pois desta vez o Rato estava com os pelos todos eriçados, e ela teve certeza de que ele devia estar muito ofendido. — Não vamos mais falar dela se você preferir.

— Não vamos mesmo! — exclamou o Rato, que estava tremendo até a ponta da cauda. — Como se *eu* fosse falar sobre esse assunto! Nossa família sempre *odiou* gatos: são coisas terríveis, baixas, vulgares! Não me diga o nome de novo!

— Não vou, pode deixar — disse Alice, apressando-se para mudar o assunto da conversa. — Você... você gosta... de... de cachorros? — O Rato não respondeu e Alice continuou com ansiedade: — Tem um cachorrinho tão bonzinho perto da nossa casa que eu gostaria de te mostrar! Um terrier pequeno de olhos brilhantes, sabe, com, ah, um pelo marrom comprido e cacheado! E ele busca coisas quando nós jogamos, e se senta e pede a comida e um monte de outras coisas... não consigo me lembrar nem da metade... e pertence a um fazendeiro, sabe, e ele diz que é muito útil, que vale cem libras! Ele diz que mata todos os ratos e... ai de mim! — gritou Alice em um tom de lamento. — Acho que o ofendi de novo! — Pois o Rato estava nadando para longe dela com o máximo de velocidade que conseguiu e causando uma agitação na poça.

Ela chamou baixinho:

— Rato querido! Volte e não vamos mais falar de gatos nem de cachorros, se você não gosta deles!

Quando o Rato ouviu isso, ele se virou e nadou lentamente de volta até ela: o rosto dele estava bem pálido (de sofrimento, Alice pensou), e ele disse com voz baixa e trêmula:

— Vamos para a margem e eu vou te contar minha história. Você vai entender por que eu odeio gatos e cachorros.

Já estava mesmo na hora de ir, pois a poça estava ficando cheia de pássaros e animais que tinham caído nela; havia um Pato e um Dodô, um Papagaio e uma Águia e várias outras criaturas curiosas. Alice foi na frente e o grupo todo nadou para a margem.

UMA CORRIDA POLÍTICA E UMA HISTÓRIA COMPRIDA

Eles eram mesmo um grupo esquisito que se reuniu na margem: os pássaros com penas molhadas, os animais com o pelo grudado no corpo, todos pingando, irritados, incomodados.

A primeira pergunta, claro, foi como eles ficariam secos de novo: eles fizeram uma consulta sobre isso e, depois de alguns minutos, pareceu natural para Alice se ver falando com eles de forma familiar, como se os tivesse conhecido a vida toda. De fato, ela teve uma longa discussão com o Papagaio, que por fim ficou emburrado e só repetia "Eu sou mais velho do que você e sei mais"; e isso Alice não permitiria sem saber quantos anos ele tinha, e, quando o Papagaio se recusou terminantemente a dizer sua idade, não houve mais nada a ser dito.

Finalmente o Rato, que parecia ser uma pessoa de autoridade entre eles, gritou:

— Sentem-se, todos vocês, e me escutem! *Eu* vou deixar todos vocês bem secos daqui a pouco!

Todos se sentaram na mesma hora, em um círculo amplo, com o Rato no meio. Alice manteve os olhos fixados ansiosamente nele, pois tinha certeza de que pegaria um resfriado horrível se não ficasse seca logo.

— Hã-ham! — disse o Rato com ar importante. — Estão todos prontos? Essa é a coisa mais seca que eu sei. Silêncio por toda parte, por favor! "Guilherme, o Conquistador, cuja causa era favorecida pelo papa, logo teve a submissão dos ingleses, que queriam líderes, e estavam ultimamente acostumados à usurpação e conquista. Eduíno e Morcar, condes de Mércia e Nortúmbria..."

— Argh! — disse o Papagaio com um tremor.

— Perdão! — disse o Rato, franzindo a testa, mas muito educadamente. — Você falou?

— Eu não! — disse o Papagaio apressadamente.

— Eu achei que tinha falado — disse o Rato. — Continuarei. "Eduíno e Morcar, os condes de Mércia e Nortúmbria, declararam-se a favor dele; e até Estigando, o patriótico arcebispo da Cantuária, achou que era aconselhável..."

— Achou *o quê?* — disse o Pato.

— Achou *que* — repetiu o Rato com uma certa irritação. — Claro que você sabe o que "que" significa.

— Eu sei muito bem o que "que" significa quando *eu* acho que — disse o Pato. — Geralmente eu acho que é

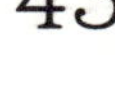

uma perereca ou uma minhoca. A pergunta é: o que o arcebispo achou?

O Rato não deu atenção a essa pergunta e se apressou para continuar.

— "... achou que era aconselhável ir com Edgar, o Atelingo, se encontrar com Guilherme e oferecer a coroa a ele. A conduta de Guilherme no começo foi moderada. Mas a insolência de seus normandos..." Como estamos agora, minha querida? — continuou ele, virando-se para Alice ao falar.

— Continuo molhada — disse Alice com um tom melancólico. — Não parece estar me secando nadinha.

— Nesse caso — disse o Dodô solenemente, levantando-se —, proponho que a reunião seja interrompida para adoção imediata de soluções mais energéticas...

— Fale nosso idioma! — disse a Águia. — Eu não sei o significado de metade dessas palavras compridas e, mais ainda, acho que você também não! — E a Águia curvou a cabeça para esconder um sorriso; alguns outros pássaros deram risadinhas audíveis.

— O que eu ia dizer — disse o Dodô em tom ofendido — era que a melhor coisa para nos secar seria uma corrida política.

— O que *é* uma corrida política? — perguntou Alice; não que ela quisesse muito saber, mas o Dodô tinha parado como se achasse que *alguém* deveria falar, e ninguém mais parecia inclinado a dizer nada.

— Ora — disse o Dodô —, a melhor forma de explicar é fazer. — (E, como você talvez queira experimentar a atividade em um dia de inverno qualquer, vou contar como o Dodô conseguiu.)

Primeiro, ele marcou uma pista de corrida, em uma espécie de círculo ("a forma exata não importa", disse ele), e depois todo o grupo foi colocado ao longo da pista, aqui e ali. Não houve "Um, dois, três e já", mas eles começaram a correr quando quiseram e pararam quando quiseram, e por isso não foi fácil saber quando a corrida acabou. Entretanto, quando eles tinham corrido por meia hora, mais ou menos, e estavam secos de novo, o Dodô gritou de repente:

— A corrida acabou!

Todos se reuniram em torno dele, ofegantes, perguntando:

— Mas quem ganhou?

Essa pergunta o Dodô não teve como responder sem pensar muito, e ele ficou sentado por muito tempo com um dedo encostado na testa (a posição na qual normalmente se vê Shakespeare nas imagens dele) enquanto o resto esperava em silêncio. Finalmente, o Dodô disse:

— *Todo mundo* ganhou e todos devem receber prêmios.

— Mas quem vai dar os prêmios? — perguntou um coro de vozes.

— Ora, *ela*, claro — disse o Dodô, apontando para Alice com um dedo; e o grupo todo na mesma hora se reuniu em volta dela, gritando de um jeito confuso:

— Prêmios! Prêmios!

Alice não tinha ideia do que fazer, e em desespero enfiou a mão no bolso e tirou uma caixa de confeitos (por sorte, a água salgada não tinha entrado nela) e entregou para todos como prêmios. Havia exatamente um para cada.

— Mas ela precisa receber um prêmio também — disse o Rato.

— Claro — respondeu o Dodô seriamente. — O que mais tem no seu bolso? — prosseguiu ele, virando-se para Alice.

— Só um dedal — disse Alice com tristeza.

— Entregue-o para mim — disse o Dodô.

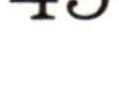

Todos se reuniram em volta dela outra vez enquanto o Dodô lhe oferecia solenemente o dedal, dizendo:

— Suplicamos que aceite este elegante dedal.

E, quando ele terminou esse curto discurso, todos aplaudiram.

Alice achou a coisa toda muito absurda, mas todos estavam tão sérios que ela não se atreveu a rir; e, como não conseguiu pensar em nada para dizer, só se curvou para a frente e pegou o dedal, com a expressão mais solene que conseguiu fazer.

A próxima coisa foi comer os confeitos: isso provocou uma certa barulheira e confusão, pois os pássaros grandes reclamaram que não conseguiram sentir o gosto e os pequenos engasgaram e tiveram que levar tapinhas nas costas. No entanto, enfim acabou, e eles se sentaram novamente em círculo e suplicaram ao Rato para contar outra coisa.

— Você me prometeu contar sua história, sabe — disse Alice —, e por que você odeia... G e C — acrescentou ela em um sussurro, com um certo medo de ele ficar ofendido de novo.

— A causa é longa e triste! — disse o Rato, virando-se para Alice com um suspiro.

— *É* uma cauda longa, certamente — disse Alice, olhando impressionada para a cauda do Rato —, mas por que você a chama de triste?

E ela continuou intrigada com isso enquanto o Rato estava falando, de forma que a ideia dela da causa foi mais ou menos assim:

Fúria disse para um rato,
Que ele conheceu no
mato: "Vamos nós
dois à lei: *eu* vou
processar *você*.
Venha, você não
pode recusar;
Nós Temos que
te julgar: Pois
É que esta manhã,
eu não tenho
nada a fazer".
Disse o rato
para o cão:
"Tal julgamento,
senhor canzarrão,
sem ter juiz
e júri seria
desperdiçar
nossa
respiração".
"Eu serei
juiz, eu
serei júri",
Disse
o astuto
e velho
Fúria:
'Eu vou julgar a causa toda e condenar você à execução".

— Você não está prestando atenção! — disse o Rato para Alice com severidade. — Em que está pensando?

— Peço perdão — disse Alice humildemente. — Estava na quinta curva, não estava?

— Nove! — gritou o Rato, com rispidez e muita irritação.

— Um nó! Cadê? — disse Alice, sempre pronta para ser útil, olhando ansiosamente ao redor. — Ah, deixe-me ajudar a desfazê-lo!

— Não farei nada disso — disse o Rato, levantando-se e se afastando. — Você me insulta falando tantos absurdos!

— Não foi por mal! — suplicou a pobre Alice. — Mas você se ofende tão facilmente, sabe?

O Rato só rosnou em resposta.

— Por favor, volte e termine sua história! — gritou Alice para ele; e os outros se juntaram ao coral.

— Sim, por favor!

Mas o Rato só balançou a cabeça com impaciência e se afastou, andando mais rápido.

— Que pena que ele não quis ficar! — disse o Papagaio, suspirando, assim que o Rato estava fora do campo de visão; e um Caranguejo fêmea aproveitou a oportunidade para dizer para a filha:

— Ah, minha querida! Que sirva de lição para você nunca perder a *sua* calma!

— Fica quieta, mãe! — disse a jovem Caranguejo, com um pouco de mau humor. — Você testaria a paciência até de uma ostra!

— Eu queria ter a nossa Dinah aqui, queria mesmo! — disse Alice em voz alta, sem se dirigir a ninguém especificamente. — Ela logo o pegaria de volta!

— E quem é Dinah, se é que posso fazer a pergunta? — disse o Papagaio.

Alice respondeu com avidez, pois ela já estava pronta para falar do seu animalzinho de estimação:

— Dinah é nossa gata. E ela é talentosa em pegar ratos, nem dá para imaginar! E, ah, como eu queria que você pudesse vê-la atrás de pássaros! Ora, ela come um passarinho assim que o vê!

Esse discurso causou uma sensação impressionante em meio ao grupo. Alguns pássaros se afastaram na hora: uma Pega idosa começou a se embrulhar com cuidado, comentando:

— Eu preciso ir para casa; o ar da noite não faz bem para a minha garganta!

E um Canário falou com voz trêmula com os filhos:

— Venham, meus queridos! Está na hora de irmos para a cama!

Com vários pretextos, todos foram embora, e logo Alice ficou sozinha.

— Eu queria não ter mencionado Dinah! — disse ela para si mesma em tom melancólico. — Ninguém parece gostar dela aqui, e eu tenho certeza de que ela é o melhor gato do mundo! Ah, minha querida Dinah! Será que vou voltar a vê-la?

E aqui a pobre Alice começou a chorar de novo, pois ela se sentia muito solitária e desanimada. Mas em pouco tempo ouviu novamente o som de passos ao longe e olhou para a frente com ansiedade, com uma certa esperança de o Rato ter mudado de ideia e estar voltando para terminar a história.

O COELHO ENVIA O PEQUENO BILL

Era o Coelho Branco trotando lentamente de volta e olhando com ansiedade no caminho, como se tivesse perdido alguma coisa; e ela o ouviu murmurando sozinho:
— A Duquesa! A Duquesa! Ah, minhas patinhas queridas! Ah, meu pelo e meus bigodes! Ela vai mandar me executar, com tanta certeza quanto furões são furões! Onde eu *posso* ter deixado cair, será?

Alice supôs em um momento que ele estava procurando o leque e o par de luvas brancas de criança, e com boa vontade começou a procurá-los, mas não estavam em lugar nenhum; tudo parecia ter mudado desde que ela tinha nadado na poça, e o grande salão, com a mesa de vidro e a portinha, tinha sumido completamente.

Em pouco tempo, o Coelho reparou em Alice, procurando nos arredores, e gritou para ela em tom zangado:

— Ora, Mary Ann, o que você *está* fazendo aqui? Corra para casa agora mesmo e pegue um par de luvas e um leque! Rápido!

E Alice ficou com tanto medo que saiu correndo na direção para a qual ele apontou, sem tentar explicar o engano que ele tinha cometido.

— Ele me confundiu com a empregada doméstica dele — disse ela para si mesma enquanto corria. — Como vai ficar surpreso quando descobrir quem eu sou! Mas é melhor que eu leve o leque e as luvas... isso se conseguir encontrar.

Ao falar isso, ela deu de cara com uma casinha arrumada, em cuja porta havia uma placa de metal reluzente com o nome "C. BRANCO" gravado nela. Ela entrou sem bater e subiu a escada correndo, com muito medo de encontrar a verdadeira Mary Ann e ser expulsa da casa antes de ter encontrado o leque e as luvas.

— Como é estranho — disse Alice para si mesma — ir cumprir tarefas para um coelho! Acho que logo Dinah me mandará cumprir tarefas! — E ela começou a imaginar o tipo de coisa que aconteceria: — "Srta. Alice! Venha aqui diretamente e se prepare para sua caminhada!" "Estou indo em um minuto, ama! Mas preciso cuidar para que o rato não saia." Só que eu não acho — prosseguiu Alice — que deixariam Dinah ficar em casa se ela começasse a dar ordens às pessoas assim!

A essa altura, ela tinha entrado em uma salinha com uma mesa junto à janela, e nela (como ela esperava) havia um leque e dois ou três pares de luvinhas brancas de criança: ela pegou o leque e um par de luvas e estava prestes a sair da sala quando seus olhos pousaram em uma garrafinha que estava perto do espelho. Não havia rótulo desta vez com a palavra "BEBA-ME", mas, ainda assim, ela tirou a rolha e a levou aos lábios.

— Eu sei que *alguma coisa* interessante vai acontecer — disse ela para si mesma — sempre que eu como ou bebo alguma coisa; então, vou só ver o que essa garrafa faz. Espero que me faça ficar grande de novo, pois estou bem cansada de ser uma coisinha tão pequena!

Foi exatamente isso que aconteceu, e bem mais rápido do que ela esperava: antes de ter bebido metade do conteúdo, ela sentiu a cabeça pressionando o teto e precisou se curvar para impedir que o pescoço se quebrasse. Ela botou a garrafa de volta rapidamente, dizendo para si mesma:

— Isso é mais do que suficiente... Espero que eu não cresça mais... Desta forma, não vou poder sair pela porta... Eu queria não ter bebido tanto!

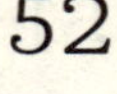

Ora! Mas era tarde demais para desejar isso! Ela continuou crescendo, e crescendo, e em pouco tempo precisou se ajoelhar no chão; em outro minuto, não havia espaço nem para isso, e ela tentou se deitar com um cotovelo encostado na porta e o outro braço em volta da cabeça. Ela continuou crescendo, e, como último recurso, enfiou um braço pela janela, um pé pela chaminé e disse para si mesma:

— Agora não posso fazer mais nada, aconteça o que acontecer. O que *será* de mim?

Para a sorte de Alice, a garrafinha mágica agora tinha chegado ao efeito final, e ela não cresceu mais. Mesmo assim, estava muito incômodo, e, como parecia não haver nenhum tipo de chance de ela sair da sala de novo, não era de se admirar que estivesse infeliz.

Era bem mais agradável em casa, pensou a pobre Alice, *quando não se estava ficando maior e menor e recebendo ordens de ratos e coelhos. Eu quase queria não ter descido por aquele buraco... ainda assim... ainda*

assim... é bem curioso, sabe, esse tipo de vida! Eu me pergunto o que pode *ter acontecido comigo! Quando lia contos de fadas, eu imaginava que esse tipo de coisa nunca acontecia, e agora aqui estou eu no meio de um! Deveria haver um livro escrito sobre mim, deveria mesmo! E quando eu crescer, eu vou escrever um... Mas eu estou crescida agora*, pensou ela em tom de lamúria, *pelo menos não tem espaço para crescer mais* aqui.

Por outro lado, pensou Alice, *eu* nunca *ficarei mais velha do que sou agora? Isso vai ser um consolo, de certa forma, nunca chegar a ser uma mulher velha, mas também... sempre ter aulas para aprender! Ah, eu não vou gostar* disso!

Ah, Alice, sua boba!, respondeu ela mesma. *Como você pode ter aulas aqui? Mal tem espaço para você, não tem espaço nenhum para livros!*

E assim ela continuou, tomando primeiro um lado e depois o outro, e tornando aquilo uma conversa e tanto; mas depois de alguns minutos, ela ouviu uma voz lá fora e parou para ouvir.

— Mary Ann! Mary Ann! — disse a voz. — Pegue minhas luvas agora mesmo!

Logo soaram as batidinhas dos pés na escada. Alice sabia que era o Coelho a procurando, e tremeu até sacudir a casa, esquecendo que estava agora umas mil vezes maior do que o Coelho e que não tinha motivo para ter medo dele.

O Coelho chegou até a porta e tentou abri-la; mas, como a porta abria para dentro e o cotovelo de Alice estava encostado nela com força, a tentativa foi um fracasso. Alice o ouviu dizer para si mesmo:

— Vou dar a volta e entrar pela janela.

Isso *você não vai fazer!*, pensou Alice. E depois de esperar até achar que estava ouvindo o Coelho debaixo da janela, ela esticou a mão subitamente e tentou agarrar o ar. Ela não segurou nada, mas ouviu um gritinho e uma queda, e um ruído de vidro quebrado, do qual ela concluiu que era bem possível que ele tivesse caído em uma estufa para pepinos, ou algo do tipo.

Em seguida, soou uma voz furiosa, do Coelho:

— Pat! Pat! Onde você está?

E uma voz que ela nunca tinha ouvido:

— Estou aqui, claro! Cavando para pegar maçãs, vossa excelência!

— Cavando para pegar maçãs, de fato! — disse o Coelho com raiva. — Aqui! Venha me ajudar a sair *disso*!

(Sons de mais vidro quebrado.)

— Agora me diga, Pat, o que é aquilo na janela?

— É um braço, vossa excelência! — (Ele pronunciava "vesselência".)

— Um braço, seu pateta! Quem já viu um desse tamanho? Ora, ele ocupa a janela toda!

— Ocupa mesmo, vossa excelência; mas é um braço mesmo assim.

— Bem, não tinha nada que estar aqui, de qualquer modo. Tire-o dali!

Houve um longo silêncio depois disso, e Alice só conseguiu ouvir sussurros de vez em quando, como:

— Claro, eu não gosto, vossa excelência, nem um pouco, nem um pouco!

— Faça o que eu mando, seu covarde!

E, finalmente, ela esticou a mão de novo e tentou pegar algo no ar. Desta vez, houve *dois* gritinhos e mais sons de vidro quebrado.

Que quantidade de estufas para pepinos deve haver!, pensou Alice. *O que será que eles vão fazer agora? Quanto a me puxar pela janela, eu queria que eles* pudessem*! Eu que não quero mais ficar aqui!*

Ela esperou um tempo sem ouvir mais nada; finalmente chegou o ruído de rodinhas e o som de muitas vozes falando ao mesmo tempo. Ela identificou as palavras:

— Cadê a outra escada?

— Ora, eu só trouxe uma; Bill está com a outra.

— Bill! Traz aqui, garoto!

— Aqui, coloca nesse canto...

— Não, amarra tudo junto primeiro.

— Não chegam à metade da altura ainda.

— Ah, elas vão servir; não seja detalhista.

— Aqui, Bill! Segura essa corda.

— O telhado vai aguentar?

— Cuidado com essa telha solta.

— Ah, está saindo! Cuidado aí embaixo!

(Um estrondo alto.)

— Quem foi que fez isso?

— Foi Bill, acho.

— Quem vai descer pela chaminé?

— Não, *eu* não! Vai *você*!

— *Isso* eu não faço!

— O Bill que vai.

— Aqui, Bill! O mestre disse que você vai descer pela chaminé!

— Ah! Então Bill vai ter que descer pela chaminé, é? — disse Alice para si mesma. — Que triste, parecem botar tudo nas costas do Bill! Eu não queria estar no lugar do Bill por nada neste mundo: essa lareira é estreita, claro, mas eu *acho* que consigo chutar um pouco!

Ela enfiou o pé na chaminé o máximo que conseguiu e esperou até ouvir um animal pequeno (ela não conseguiu adivinhar que tipo era) arranhando e se debatendo na chaminé um pouco acima dela. E, dizendo para si mesma *Esse é o Bill*, ela deu um chute forte e esperou para ver o que aconteceria em seguida.

A primeira coisa que ouviu foi um coro geral de "Lá vai o Bill" e a voz do Coelho:

— Pega ele, você aí na cerca viva!

Em seguida, silêncio, e outra confusão de vozes:

— Segura a cabeça dele!

— Conhaque agora.

— Não o façam engasgar.

— Como foi, meu velho? O que aconteceu com você? Conta para nós!

Por último, soou uma voz fraca e esganiçada (*Esse é o Bill*, pensou Alice):

— Bom, eu não sei direito... Chega, obrigado, já estou melhor. Mas estou agitado demais para contar. Eu só sei que algo veio para cima de mim como um palhaço numa caixa-surpresa e subiu como um foguete!

— Você também, meu velho! — disseram os outros.

— Nós temos que queimar a casa! — disse a voz do Coelho.

E Alice gritou o mais alto que pôde:

— Se você fizer isso, vou soltar Dinah em cima de você!

Houve um silêncio mortal imediatamente, e Alice pensou: *O que será que* vão *fazer agora? Se tivessem bom senso, eles tirariam o telhado.*

Depois de um ou dois minutos, eles começaram a se mover de novo, e Alice ouviu o Coelho dizer:

— Um carrinho de mão vai servir para começar.

Um carrinho de mão cheio de quê?, pensou Alice; mas ela não teve muito tempo para pensar, pois, no momento seguinte, uma chuva de pedrinhas entrou pela janela, e algumas atingiram seu rosto. *Vou acabar com isso*, disse ela para si mesma, e gritou:

— É melhor que vocês não façam isso de novo! — Isso produziu outro silêncio mortal.

Alice reparou com uma certa surpresa que as pedrinhas estavam todas virando bolinhos quando caíam no chão, e uma ideia brilhante surgiu na mente dela. *Se eu comer um desses bolinhos*, pensou ela, *é certo que vai haver* alguma *mudança no meu tamanho; e como não é possível que me deixe maior, deve me deixar menor, eu acho.*

Assim, ela engoliu um dos bolinhos, e ficou satisfeita em ver que começou a encolher na mesma hora. Assim que estava pequena o suficiente para passar pela porta, ela saiu correndo para fora da casa e encontrou uma multidão de pequenos animais e pássaros esperando do lado de fora. O pobre Lagarto, Bill, estava no meio, sendo apoiado por dois porquinhos-da-índia que estavam dando a ele algo em uma garrafa. Todos foram para cima de Alice assim que ela apareceu; mas ela saiu correndo com toda a velocidade que conseguiu e logo se viu segura em um bosque denso.

— A primeira coisa que eu tenho que fazer — disse Alice para si mesma enquanto andava pelo bosque — é ficar do meu tamanho certo de novo. E a segunda coisa é encontrar o caminho para aquele lindo jardim. Acho que esse vai ser o melhor plano.

Pareceu um plano excelente, sem dúvida, e organizado de forma clara e simples; a única dificuldade era que ela não tinha a menor ideia de como executá-lo; e enquanto estava olhando em volta, com ansiedade, pelas árvores, um latidinho agudo acima da cabeça dela a fez olhar para cima com rapidez.

Um cachorrinho enorme estava olhando para ela com olhos grandes e redondos e esticando uma pata debilmente, tentando tocar nela.

— Pobre coisinha! — disse Alice em um tom persuasivo, e tentou assoviar para ele; mas ficou morrendo de medo o tempo todo pela ideia de ele poder estar com fome, e nesse caso teria grande chance de comê-la apesar do tom persuasivo dela.

Sem saber direito o que estava fazendo, ela pegou um graveto e o ofereceu ao filhote; com isso, o cachorrinho pulou no ar na mesma hora, com um gritinho de prazer, e correu para o graveto, e fez que o morderia; e Alice se escondeu atrás de um grande cardo para não ser pisoteada; e assim que apareceu do outro lado, o cachorrinho foi de novo para cima do graveto e deu uma cambalhota na pressa de pegá-lo; e Alice, achando que era como brincar com um cavalo de carroça e esperando a cada momento ser pisoteada pelos pés dele, correu em volta do cardo novamente; e o cachorrinho começou uma série de ataques curtos para o graveto, correndo um pouco para a frente a cada vez e muito para trás, e soltando um latido rouco o tempo todo, até finalmente se sentar um pouco longe, ofegante, a língua pendendo da boca, os grandes olhos semicerrados.

Isso pareceu a Alice uma boa oportunidade para fazer sua escapada; ela partiu na mesma hora e correu até estar cansada e sem fôlego, e até o latido do cachorrinho soar baixo e distante.

— Mas que cachorrinho fofinho ele era! — disse Alice, encostada em um botão de ouro para descansar e se abanando com uma das folhas. — Eu teria gostado muito de ensinar truques a ele se... se eu fosse do tamanho certo para isso! Minha nossa! Eu quase tinha esquecido que preciso crescer de novo! Vejamos... como isso *será* realizado? Acho que terei que comer ou beber alguma coisa; mas a grande pergunta é: o quê?

A grande pergunta certamente era: o quê? Alice olhou ao redor para as flores e para a grama, mas não viu nada que parecesse a coisa certa para se comer ou beber naquelas circunstâncias. Havia um cogumelo grande crescendo perto, mais ou menos da altura dela; e quando ela tinha olhado embaixo, dos dois lados e atrás, passou por sua cabeça que ela deveria olhar para ver o que havia em cima.

Ela se esticou nas pontas dos pés e espiou pela beirada do cogumelo, e seus olhos na mesma hora encontraram os de uma lagarta azul grande, sentada em cima com os braços cruzados, fumando silenciosamente um longo narguilé e sem prestar a menor atenção nela e em mais nada.

CONSELHO DE UMA LAGARTA

A Lagarta e Alice se olharam por um tempo em silêncio. Finalmente, a Lagarta tirou o narguilé da boca e falou com ela com voz lânguida e sonolenta.

— Quem é *você*?

Isso não foi uma abertura de conversa encorajadora. Alice respondeu com certa timidez:

— Eu… eu não sei direito, senhor, neste momento. Eu pelo menos sei quem eu *era* quando acordei hoje de manhã, mas acho que devo ter mudado várias vezes desde essa hora.

— O que você quer dizer com isso? — perguntou a Lagarta severamente. — Explique-se!

— Eu não consigo *me* explicar, infelizmente, senhor — disse Alice —, porque eu não sou eu mesma, entende?

— Não entendo — disse a Lagarta.

— Acho que não consigo dizer com mais clareza — respondeu Alice muito educadamente —, pois não consigo entender eu mesma; e ter tido tantos tamanhos diferentes em um dia é muito confuso.

— Não é — disse a Lagarta.

— Bem, talvez você ainda não tenha passado por isso — disse Alice. — Mas quando se transformar em crisálida, que é uma coisa que vai acontecer um dia, sabe, e depois disso em borboleta, acho que você vai se sentir meio estranho, não vai?

— Nem um pouco — disse a Lagarta.

— Bem, talvez seus sentimentos sejam diferentes — disse Alice. — Eu só sei que seria muito estranho para *mim*.

— Você! — disse a Lagarta com desdém. — Quem é *você*?

Isso os levou de volta para o começo da conversa. Alice ficou irritada com a Lagarta fazendo comentários *muito* curtos e se empertigou, e disse com muita seriedade:

— Eu acho que você deveria me dizer quem *você* é primeiro.

— Por quê? — perguntou a Lagarta.

Essa foi outra pergunta intrigante; e como Alice não conseguiu pensar em um bom motivo, e como a Lagarta parecia estar com um humor *muito* ruim, ela se virou para ir embora.

— Volte! — chamou a Lagarta. — Eu tenho uma coisa importante para dizer!

Isso pareceu promissor, certamente. Alice se virou de novo e voltou.

— Fique calma — disse a Lagarta.

Quem é você?

— Só isso? — perguntou Alice, engolindo a raiva da melhor forma que pôde.

— Não — disse a Lagarta.

Alice pensou que podia muito bem esperar, pois não tinha mais nada para fazer, e talvez, no fim das contas, a Lagarta dissesse algo que valeria a pena ouvir. Por alguns minutos, a Lagarta fumou sem falar, mas finalmente descruzou os braços, tirou o narguilé da boca de novo e disse:

— Então você acha que mudou, é?

— Eu acho que sim, senhor — disse Alice. — Eu não consigo me lembrar das coisas como antes... e não consigo manter o mesmo tamanho nem por dez minutos!

— Não consegue se lembrar de *quais* coisas? — perguntou a Lagarta.

— Bom, eu tentei recitar "Como vai a pequena abelha ocupada", mas saiu tudo diferente! — respondeu Alice com voz muito triste.

— Recite: *"Você está velho, pai William"* — disse a Lagarta.

Alice cruzou as mãos e começou:

"Você está velho, pai William", o jovem observou,
"E seu cabelo está todo branco na cabeça;
Mas essa bananeira que você plantou...
Na sua idade, é coisa que se faça?"

"Na juventude", respondeu pai William ao filho,
"Eu tinha medo de o cérebro ficar afetado;
Mas agora que tenho certeza de que não tenho,
Ora, eu faço e acho muito engraçado."

"Você está velho", disse o jovem, "como cansei de falar,
E acabou ficando muito gordo e lento;
Mas deu uma pirueta na hora de entrar...
Diga-me, para que esse comportamento?"

"Na juventude", o sábio sacudiu as madeixas,
"Eu mantinha os membros em movimento
Com o uso desta pomada, um xelim a caixa,
Quer comprar desse unguento?"

"Você está velho", disse o jovem, "com maxilar fraco
Para mastigar qualquer coisa que seja dura;
Mas comeu o ganso, com ossos e o bico...
Como conseguiu essa loucura?"

"Na juventude", disse o pai, "eu segui a lei,
E cada caso foi com minha esposa discutido;
E a força muscular que assim ganhei
Continua presente aqui comigo."

"Você está velho", disse o jovem, "e qualquer um acharia
Que seu olhar não é preciso o suficiente;
Mas você equilibrou na ponta do nariz uma enguia...
O que o deixou tão terrivelmente inteligente?"

"Eu respondi três perguntas e acabou",
Disse o pai; "não seja abusado!
Você acha que ouvir isso o dia todo não cansou?
Suma daqui ou leve um chute caprichado!"

— Isso não está bem certo — disse a Lagarta.

— Não está *bem* certo, temo — disse Alice timidamente —; algumas palavras foram alteradas.

— Está errado do começo ao fim — disse a Lagarta de forma decidida, e fez-se silêncio por alguns minutos.

A Lagarta foi a primeira a falar.

— De que tamanho você quer ser? — perguntou.

— Ah, eu não tenho preferência de tamanho — respondeu Alice rapidamente —; só um que não fique mudando tanto, sabe?

— Eu *não* sei — disse a Lagarta.

Alice não falou nada; ela nunca tinha sido tão contrariada na vida e percebeu que estava perdendo a paciência.

— Você está satisfeita agora? — perguntou a Lagarta.

— Bem, eu gostaria de ser *um pouco* maior se o senhor não se importasse — disse Alice. — Oito centímetros é uma altura horrível de se ter.

— É uma altura muito boa! — disse a Lagarta com irritação, empertigando-se enquanto falava (tinha exatamente oito centímetros).

— Mas eu não estou acostumada! — suplicou a pobre Alice em tom de lamento. E pensou: *Eu queria que as criaturas não se ofendessem tão facilmente!*

— Você vai se acostumar com o tempo — disse a Lagarta; e colocou o narguilé na boca e começou a fumar de novo.

Desta vez, Alice esperou pacientemente até que ela decidisse falar de novo. Em um ou dois minutos, a Lagarta tirou o narguilé da boca e bocejou uma ou duas vezes e se sacudiu. Em seguida, desceu do cogumelo e rastejou na grama, apenas comentando ao se deslocar:

— Um lado faz você ficar mais alta e o outro lado faz você ficar mais baixa.

Um lado de quê? *Outro lado de* quê?, pensou Alice.

— Do cogumelo — disse a Lagarta, como se ela tivesse perguntado em voz alta; e, em outro momento, sumiu de vista.

Alice ficou olhando pensativamente para o cogumelo por um minuto, tentando decidir quais eram os dois lados; e, como era perfeitamente redondo, ela achou essa pergunta bem difícil. Entretanto, ela enfim esticou os braços em volta dele o máximo que conseguiu e quebrou um pedaço da borda com cada mão.

— E agora, qual é qual? — disse ela, e mordiscou um pouco do pedaço da mão direita para experimentar o efeito: no momento seguinte, sentiu um golpe violento embaixo do queixo. Tinha atingido o pé!

Ela ficou bem assustada com essa mudança muito repentina, mas percebeu que não havia tempo a perder; portanto, agiu na mesma hora para comer um pouco do outro pedaço. Seu queixo estava apertando tanto o pé, que não havia muito espaço para abrir a boca; mas ela a abriu e conseguiu engolir uma mordida do pedaço da mão esquerda.

* * * * * *
* * * * *
* * * * * *

— Ora, minha cabeça está finalmente livre! — disse Alice em tom de prazer, que mudou para alarme logo em seguida quando ela percebeu que seus ombros não podiam ser encontrados.

A única coisa que ela via quando olhava para baixo era o comprimento imenso do pescoço, que parecia crescer como um caule de um mar de folhas verdes que ficava bem abaixo dela.

— O que *pode* ser toda aquela coisa verde? — disse Alice. — E onde meus ombros foram *parar*? E, ah, minhas pobres mãos, por que não consigo ver vocês? — Ela as movia enquanto falava, mas não pareceu haver resultado, exceto um certo tremor nas folhas verdes distantes.

Como parecia não haver chance de levar as mãos até a cabeça, ela tentou levar a cabeça até as mãos, e ficou feliz da vida de ver que o pescoço se curvava facilmente em qualquer direção, como uma serpente. Tinha acabado de conseguir curvá-lo para baixo em um zigue-zague gracioso e ia enfiá-lo entre as folhas, que ela descobriu que não passavam das copas das árvores sob as quais ela estava andando, quando um sibilar intenso a fez recuar rapidamente: um pombo grande tinha voado na cara dela e estava batendo nela violentamente com as asas.

— Serpente! — gritou o Pombo.

— Eu *não* sou uma serpente! — disse Alice com indignação. — Deixe-me em paz!

— Serpente, eu digo de novo! — repetiu o Pombo, mas em tom mais subjugado, e acrescentou com uma espécie de soluço: — Eu tentei de todas as formas e nada pareceu agradá-las!

— Eu não tenho a menor ideia do que você está falando — disse Alice.

— Eu tentei as raízes das árvores e tentei margens e tentei cercas vivas — continuou o Pombo, sem dar atenção a ela —; mas aquelas serpentes! Nada as agrada!

Alice estava cada vez mais intrigada, mas achou que não adiantava dizer nada até que o Pombo tivesse terminado.

— Como se já não fosse bem difícil chocar os ovos — disse o Pombo —; ainda tenho que ficar alerta para serpentes noite e dia! Ora, eu não prego o olho há três semanas!

— Sinto muito por você estar irritado — disse Alice, que estava começando a entender o significado.

— E quando eu tinha escolhido a árvore mais alta da floresta — continuou o Pombo, erguendo a voz a um berro — e achando que finalmente ficaria livre delas, elas têm que vir serpenteando do céu! Argh, Serpente!

— Mas eu *não* sou uma serpente, estou dizendo! — disse Alice. — Eu sou uma... Eu sou uma...

— E então! *O que* você é? — perguntou o Pombo. — Estou vendo que você está tentando inventar alguma coisa!

— Eu... eu sou uma garotinha — disse Alice com uma certa dúvida, ao se lembrar do número de mudanças pelas quais tinha passado ao longo daquele dia.

— Uma história bem provável, de fato! — disse o Pombo em um tom de profundo desprezo. — Eu já vi muitas garotinhas na vida, mas nunca *uma* com um pescoção assim! Não, não! Você é uma serpente; e não adianta negar. Imagino que agora você vai me dizer que nunca experimentou um ovo!

— Eu *já* experimentei ovos, certamente — disse Alice, que era uma criança muito verdadeira —, mas garotinhas comem ovos tanto quanto serpentes, sabe.

— Não acredito — disse o Pombo —, mas, se comem, então elas são um tipo de serpente. E isso é tudo que tenho a dizer.

Essa era uma ideia tão nova para Alice que ela ficou em silêncio por um ou dois minutos, o que deu ao Pombo a oportunidade de acrescentar:

— Você está procurando ovos, *disso* eu sei; e que importância tem para mim se você é garotinha ou serpente?

— Importa muito para *mim* — disse Alice apressadamente. — Mas eu não estou procurando ovos, por acaso. E, se estivesse, não ia querer os *seus*. Eu não gosto de ovo cru.

— Então vá embora! — disse o Pombo em tom emburrado, enquanto se acomodava de novo no ninho.

Alice se agachou entre as árvores da melhor forma que pôde, pois o pescoço ficava se enrolando nos galhos, e de vez em quando ela precisava parar para desenrolá-lo. Depois de um tempo, lembrou que ainda estava com os pedaços de cogumelos nas mãos, e começou a trabalhar muito cuidadosamente, mordiscando primeiro um e depois o outro, e ficando às vezes maior e às vezes menor, até conseguir se deixar da altura de sempre.

Havia tanto tempo que ela não ficava nem perto do tamanho certo que foi bem estranho no começo; mas ela se acostumou em alguns minutos e começou a falar sozinha, como sempre.

— Ora, metade do meu plano está feito agora! Como essas mudanças são intrigantes! Eu nunca tenho certeza do que vou ser de um minuto para o outro! Entretanto, eu voltei ao tamanho certo: a próxima coisa é entrar naquele lindo jardim. Como será que se faz *isso*?

Quando falou isso, ela chegou de repente a um lugar aberto, com uma casinha de um metro e vinte de altura. *Quem quer que more aqui*, pensou Alice, *não vai ser bom eu chegar deste tamanho. Eu acabaria deixando o morador apavorado!* Então, ela começou a mordiscar o pedacinho da mão direita e só se aventurou a chegar perto da casa quando tinha conseguido ficar com vinte e três centímetros de altura.

PORCO E PIMENTA

Por um ou dois minutos, ela ficou olhando para a casa e se perguntando o que fazer agora, quando de repente um lacaio de uniforme saiu correndo da floresta — (ela considerou que ele era um lacaio porque estava de libré; senão, a julgar apenas pelo rosto, teria dito que ele era um peixe) — e bateu alto na porta com os nós dos dedos. A porta foi aberta por outro lacaio de uniforme, com cara redonda e olhos grandes como os de um sapo; e os dois lacaios, Alice reparou, tinham cabelo branco encaracolado em volta da cabeça. Ela ficou muito curiosa para saber o que era aquilo e saiu um pouco da floresta para ouvir.

O Lacaio-Peixe começou tirando de debaixo do braço uma carta grande, quase do tamanho dele, que entregou ao outro, dizendo em tom solene:

— Para a Duquesa. Um convite da Rainha para jogar croqué.

O Lacaio-Sapo repetiu, no mesmo tom solene, só mudando a ordem das palavras um pouco:

— Da Rainha. Um convite para a Duquesa para jogar croqué.

Os dois se curvaram e seus cachos se emaranharam.

Alice riu tanto disso que teve que correr de volta para a floresta com medo de que eles a ouvissem; e quando espiou em seguida, o Lacaio-Peixe tinha sumido, e o outro estava sentado no chão perto da porta, olhando estupidamente para o céu.

Alice se aproximou timidamente da porta e bateu.

— Não adianta bater — disse o Lacaio —, e isso por dois motivos. Primeiro, porque eu estou do mesmo lado da porta que você; segundo, porque estão fazendo tanto barulho lá dentro que ninguém conseguiria ouvir. — E realmente *havia* um barulho extraordinário sendo feito lá dentro: um uivo constante e uns espirros, e de vez em quando um grande estrondo, como se um prato ou um bule tivesse sido quebrado em pedaços.

— Por favor, então — disse Alice —, como eu vou entrar?

— Talvez houvesse algum sentido em você bater — acrescentou o Lacaio sem dar atenção a ela — se tivéssemos uma porta entre nós. Por exemplo, se você estivesse *dentro*, você poderia bater e eu poderia deixar você sair, sabe?

Ele estava olhando para o céu o tempo todo em que falava, e isso Alice achou muito rude. *Mas talvez ele não consiga evitar*, disse ela para si mesma. *Seus olhos ficam tão perto do alto da cabeça. Mas, de qualquer modo, ele talvez responda a perguntas.*

— Como vou entrar? — repetiu ela, agora mais alto.

— Eu vou ficar aqui — observou o Lacaio — até amanhã...

Nesse momento, a porta da casa se abriu e um prato grande saiu voando direto para a cabeça do Lacaio; passou raspando pelo nariz dele e se quebrou em pedaços em uma das árvores atrás dele.

— ... ou o dia depois de amanhã, talvez — continuou o Lacaio com o mesmo tom, exatamente como se nada tivesse acontecido.

— Como eu vou entrar? — perguntou Alice novamente em tom mais alto.

— Você *precisa* entrar? — disse o Lacaio. — Essa é a primeira pergunta, você sabe.

Era, sem dúvida; só que Alice não gostou de ouvir isso.

— É realmente horrível — murmurou ela consigo mesma — o jeito como todas as criaturas argumentam. É para deixar qualquer um maluco!

O Lacaio pareceu achar que era uma boa oportunidade de repetir o comentário, com variações.

— Eu vou ficar sentado aqui — disse ele — por dias e dias seguidos.

— Mas o que *eu* vou fazer? — disse Alice.

— O que você quiser — disse o Lacaio, e começou a assobiar.

— Ah, não adianta falar com ele — disse Alice com desespero. — Ele é um perfeito idiota! — E ela abriu a porta e entrou.

A porta levava diretamente a uma cozinha grande, que estava cheia de fumaça de uma ponta à outra: a Duquesa estava sentada em um banco de três pernas no meio, com um bebê no colo; a cozinheira estava inclinada sobre o fogo, mexendo em um caldeirão grande que parecia estar cheio de sopa.

— Tem pimenta demais nessa sopa! — disse Alice para si mesma, da melhor forma que pôde antes de espirrar.

Havia demais mesmo no ar. Até a Duquesa espirrava ocasionalmente; e, quanto ao bebê, estava alternando espirros e choro sem pausa nenhuma. As únicas coisas na cozinha que não espirravam eram a cozinheira e um gato grande sentado sobre a lareira e sorrindo de orelha a orelha.

— Por favor, você pode me dizer — disse Alice com uma certa timidez, pois ela não sabia se era de boas maneiras ela falar primeiro — por que seu gato sorri assim?

— É um gato de Cheshire — disse a Duquesa —, e é por isso. Porco!

Ela falou a última palavra com violência tão repentina que Alice deu um pulo; mas viu em outro momento que era dirigida ao bebê, e não a ela, então tomou coragem e continuou:

— Eu não sabia que os gatos de Cheshire sempre sorriam; na verdade, não sabia que gatos eram *capazes* de sorrir.

— Todos são — disse a Duquesa —, e a maioria sorri.

— Eu não sei de nenhum que o faça — disse Alice muito educadamente, sentindo-se bem satisfeita de ter entrado em uma conversa.

— Você não sabe de muita coisa — disse a Duquesa —, isso é um fato.

Alice não gostou nadinha do tom desse comentário e achou que seria bom introduzir outro assunto na conversa. Enquanto estava tentando escolher um, a cozinheira tirou o caldeirão de sopa do fogo e na mesma hora começou a trabalhar para jogar tudo ao seu alcance na Duquesa e no bebê: os ferros de atiçar o fogo foram primeiro; em seguida, uma chuva de panelas, travessas e pratos. A Duquesa não deu atenção a nada disso, nem quando a acertou; e o bebê já estava berrando tanto, que era impossível dizer se os golpes doeram ou não.

— Ah, *por favor*, cuidado com o que você está fazendo! — exclamou Alice, pulando de agonia e pavor. — Ah, lá se vai o *precioso* nariz dele! — Isso quando uma panela particularmente grande passou voando e quase o carregou.

— Se todo mundo cuidasse da própria vida — disse a Duquesa em um rosnado rouco —, o mundo rodaria bem mais rápido.

— E isso *não* seria uma vantagem — disse Alice, que se sentiu muito feliz de ter uma oportunidade de demonstrar um pouco do seu conhecimento. — Só pense no que aconteceria com o dia e a noite! É que a Terra leva vinte e quatro horas para girar no próprio eixo...

— Falando em eixos — disse a Duquesa —, corte a cabeça dela!

Alice olhou com ansiedade para a cozinheira, para ver se ela pretendia seguir a ordem; mas a cozinheira estava ocupada mexendo a sopa e pareceu não estar ouvindo, então ela disse de novo:

— Vinte e quatro horas, eu *acho*; ou são doze? Eu...

— Ah, não *me* perturbe — disse a Duquesa. — Eu nunca tolerei números!

E com isso ela começou a acalentar o bebê de novo, cantando uma espécie de cantiga de ninar e o sacudindo de forma violenta ao fim de cada verso:

"Dê uma bronca no seu bebezinho
E bata nele quando ele espirrar:
Ele só faz para ser chatinho,
Porque sabe que vai irritar."

REFRÃO

(do qual a cozinheira e o bebê participaram):

"Uau! Uau! Uau!"

Enquanto a Duquesa cantava a segunda estrofe da música, ela ficava jogando o bebê violentamente para cima e para baixo, e a pobre coisinha gritou tanto que Alice mal conseguiu ouvir as palavras:

"Eu falo com meu bebê com severidade,
Eu bato nele ao espirrar;
Porque ele pode apreciar com facilidade
A pimenta sempre que desejar!"

REFRÃO
"Uau! Uau! Uau!"

— Aqui! Pode niná-lo um pouco se quiser! — disse a Duquesa para Alice, arremessando o bebê para ela ao falar. — Eu preciso ir me preparar para jogar croqué com a Rainha. — E saiu correndo da cozinha. A cozinheira jogou uma frigideira nela quando ela saiu, mas errou por pouco.

Alice pegou o bebê com certa dificuldade, pois era uma criaturinha de formato estranho, que esticava os braços e pernas em todas as direções, *como uma estrela-do-mar*, pensou Alice. A pobre coisinha estava fungando como uma locomotiva a vapor quando ela a pegou, e ficava se curvando e se esticando de novo, de forma que, ao todo, por um ou dois minutos, ela fez o que pôde para segurá-la.

Assim que descobriu o jeito certo de segurá-la (que era torcendo-a em uma espécie de nó e mantendo um aperto firme na orelha direita e no pé esquerdo, para impedir que se esticasse), ela a carregou para céu aberto.

Se eu não levar essa criança comigo, pensou Alice, *vão matá-la em um ou dois dias.*

— Não seria assassinato se eu a deixasse para trás? — Ela falou as últimas palavras em voz alta, e a coisinha grunhiu em resposta (tinha parado de espirrar àquelas alturas). — Não grunha — disse Alice. — Não é um jeito adequado de se expressar.

O bebê grunhiu de novo e Alice olhou com muita ansiedade para o rosto dele para ver qual era o problema. Não havia dúvida de que tinha um nariz *muito* arrebitado, mais parecendo um focinho do que um nariz de verdade; além disso, os olhos estavam ficando extremamente pequenos para um bebê; de um modo geral, Alice não gostou nada da aparência da coisa. *Mas talvez só estivesse chorando*, pensou ela, e olhou nos olhos dele de novo, para ver se havia alguma lágrima.

Não, não havia lágrimas.

— Se você vai virar um porco, meu querido — disse Alice com seriedade —, eu não vou querer mais saber de você. Pense bem! — A pobre coisinha soluçou de novo (ou grunhiu, era impossível saber qual dos dois) e eles ficaram um tempo em silêncio.

Alice estava começando a pensar *O que eu vou fazer com essa criatura quando voltar para casa?* Até que ele grunhiu de novo, de forma tão violenta que ela olhou para o rosto dele com um certo alarme. Desta vez, *não* havia como confundir: não era nem mais nem menos do que um porco, e ela achou que seria bem absurdo continuar carregando-o.

Portanto, ela colocou a criaturinha no chão e ficou bem aliviada quando a viu trotar silenciosamente para a floresta.

— Se tivesse crescido — disse ela consigo mesma —, teria sido uma criança feia demais. Mas até que é um porco bem bonitinho, eu acho. — E ela começou a pensar em outras crianças que conhecia, que poderiam se sair muito bem como crianças, e estava dizendo para si mesma: — Se ao menos desse para saber como mudá-las... — quando teve um sobressalto ao ver o Gato de Cheshire sentado em um galho de árvore a alguns metros dali.

O Gato só sorriu quando viu Alice. Parecia amável, pensou ela; ainda assim, tinha garras *muito* longas e dentes demais, então ela achou que deveria ser tratado com respeito.

— Bichano de Cheshire — disse ela com uma certa timidez, pois não sabia se ele gostaria do nome. Entretanto, ele só sorriu mais ainda. *Ora, está satisfeito até agora,* pensou Alice, e continuou. — Você pode fazer a gentileza de me dizer que caminho devo seguir daqui?

— Depende muito de para onde você quer ir — disse o Gato.

— Eu não ligo muito para onde... — disse Alice.

— Então não importa que caminho você vai seguir — disse o Gato.

— ... desde que eu chegue *em algum lugar* — acrescentou Alice como explicação.

— Ah, pode ter certeza de que você vai chegar — disse o Gato —, se ao menos você andar por tempo suficiente.

Alice concluiu que não dava para negar isso, então tentou outra pergunta.

— Que tipo de pessoa mora por aqui?

— *Naquela* direção — disse o Gato, balançando a pata direita — mora um Chapeleiro; e *naquela* direção — balançando a outra pata — mora uma Lebre de Março. Visite qual dos dois você quiser. Ambos são loucos.

— Mas eu não quero andar entre pessoas loucas — observou Alice.

— Ah, isso não dá para evitar — disse o Gato —; nós todos somos loucos aqui. Eu sou louco. Você é louca.

— Como você sabe que eu sou louca? — perguntou Alice.

— Só pode ser — disse o Gato —, senão não teria vindo aqui.

Alice não achava que isso provava nada; entretanto, continuou:

— E como você sabe que você é louco?

— Para começar — disse o Gato —, um cachorro não é louco. Você admite isso?

— Acho que sim — disse Alice.

— Então — continuou o Gato —, entende, um cachorro rosna quando está com raiva e balança o rabo quando está feliz. Já *eu*, rosno quando estou feliz e balanço o rabo quando estou com raiva. Portanto, eu sou louco.

— *Eu* chamo de ronronar, não de rosnar — disse Alice.

— Pode chamar como quiser — disse o Gato. — Você vai jogar croqué com a Rainha hoje?

— Eu gostaria muito — disse Alice —, mas ainda não fui convidada.

— Você vai me ver lá — disse o Gato, e desapareceu.

Alice não ficou muito surpresa com isso de tanto que estava se acostumando a coisas estranhas acontecerem. Enquanto estava olhando para o local onde ele estava, de repente ele apareceu de novo.

— Aliás, o que aconteceu com o bebê? — perguntou o Gato. — Eu quase me esqueci de perguntar.

— Ele virou um porco — disse Alice tranquilamente, como se o Gato tivesse voltado de forma natural.

— Eu achei que viraria — disse o Gato, e sumiu de novo.

Alice esperou um pouco, meio que achando que o veria de novo, mas ele não apareceu, e depois de um ou dois minutos, ela andou na direção na qual a Lebre supostamente morava.

— Eu já vi chapeleiros — disse ela para si mesma —; a Lebre vai ser bem mais interessante, e talvez por estarmos em maio ela não vai estar louca de delirar... ao menos não tanto quanto em março. — Ao falar isso, ela olhou para cima, e ali estava o Gato de novo, sentado em um galho de uma árvore.

— Você disse porco ou corvo? — perguntou o Gato.

— Eu disse porco — respondeu Alice —; e eu gostaria que você não ficasse aparecendo e sumindo tão subitamente. Você me deixa tonta.

— Tudo bem — disse o Gato; e desta vez desapareceu bem devagar, começando com a ponta da cauda e terminando com o sorriso, que permaneceu por um tempo depois que o resto dele tinha sumido.

Ora! Eu já vi muitas vezes um gato sem sorriso, pensou Alice. *Mas um sorriso sem gato! É a coisa mais curiosa que eu já vi na vida!*

Ela não tinha seguido muito quando deu de cara com a casa da Lebre de Março. Achou que devia ser a casa certa porque as chaminés tinham formato de orelhas e o teto era coberto de pelo. Era uma casa tão grande que ela não quis chegar perto até ter mordiscado um pouco mais do cogumelo que estava na mão esquerda e ter ficado com cerca de sessenta centímetros de altura. Mesmo assim, ela se aproximou com uma certa timidez, dizendo para si mesma:

— Suponhamos que ela seja louca delirante mesmo. Eu quase desejo ter ido ver o Chapeleiro!

UM CHÁ LOUCO

Havia uma mesa embaixo de uma árvore na frente da casa, e a Lebre de Março e o Chapeleiro estavam tomando chá nela. Um Arganaz estava sentado entre eles, dormindo profundamente, e os dois estavam usando-o de almofada, com os cotovelos apoiados nele, conversando por cima da cabeça. *Que desconfortável para o Arganaz*, pensou Alice. *Só que, como ele está dormindo, imagino que não se incomode.*

A mesa era grande, mas os três estavam amontoados em um canto.

— Não tem espaço! Não tem espaço! — gritaram eles quando viram Alice chegando.

— Tem *muito* espaço! — disse Alice com indignação, e se sentou em uma poltrona grande a uma ponta da mesa.

— Tome vinho — disse a Lebre em tom encorajador.

Alice olhou para a mesa, mas não havia nada nela além de chá.

— Não estou vendo vinho — comentou ela.

— Não tem — disse a Lebre.

— Então não foi muito educado da sua parte oferecer — disse Alice com irritação.

— Não foi muito educado da sua parte se sentar sem ser convidada — disse a Lebre.

— Eu não sabia que a mesa era *sua* — disse Alice. — Está posta para bem mais do que três pessoas.

— Seu cabelo precisa ser cortado — disse o Chapeleiro. Ele estava olhando para Alice havia algum tempo com grande curiosidade, e essa foi sua primeira fala.

— Você deveria aprender a não fazer comentários pessoais — disse Alice com certa severidade. — É muita grosseria.

O Chapeleiro arregalou bem os olhos ao ouvir isso, mas a única coisa que ele *falou* foi:

— Por que tem um corvo à escrivaninha?

Ora, vamos nos divertir agora!, pensou Alice. *Estou feliz de terem começado a fazer charadas.*

— Acho que eu consigo adivinhar — acrescentou ela em voz alta.

— Você quer dizer que acha que consegue encontrar a resposta? — disse a Lebre.

— Exatamente — disse Alice.

— Então você deveria dizer o que quer dizer — continuou a Lebre.

— Eu digo — respondeu Alice apressadamente. — Ao menos... ao menos eu quero dizer o que eu digo... é a mesma coisa, sabe?

— Não é nem um pouco a mesma coisa! — disse o Chapeleiro. — É como dizer que "eu vejo o que como" é a mesma coisa que "eu como o que vejo"!

— É como dizer — acrescentou a Lebre — que "eu gosto do que tenho" é a mesma coisa que "eu tenho o que gosto"!

— É como dizer — acrescentou o Arganaz, que parecia estar falando dormindo — que "eu respiro quando durmo" é a mesma coisa que "eu durmo quando respiro"!

— *É* a mesma coisa no seu caso — disse o Chapeleiro, e aqui a conversa se encerrou, e o grupo ficou em silêncio um minuto, enquanto Alice pensava em tudo que conseguia lembrar sobre corvos e escrivaninhas, o que não era muito.

O Chapeleiro foi o primeiro a romper o silêncio.

— Que dia do mês é? — perguntou ele, virando-se para Alice. Ele tinha tirado o relógio do bolso e estava olhando com inquietação, sacudindo-o de vez em quando, segurando-o junto ao ouvido.

Alice pensou um pouco e disse:

— Dia quatro.

— Dois dias errado! — exclamou o Chapeleiro, suspirando. — Eu falei que manteiga não serviria para o mecanismo! — acrescentou ele, olhando com irritação para a Lebre.

— Era a *melhor* manteiga — respondeu a Lebre docilmente.

— Sim, mas algumas migalhas devem ter entrado junto — resmungou o Chapeleiro. — Você não deveria ter colocado com a faca de pão.

A Lebre pegou o relógio e olhou para ele com expressão sombria; em seguida, mergulhou-o na xícara de chá e olhou para ele de novo. Mas não conseguiu pensar em nada melhor para dizer do que o primeiro comentário:

— Era a *melhor* manteiga, sabe?

Alice estava olhando por cima do ombro dele com certa curiosidade.

— Que relógio engraçado! — observou ela. — Diz o dia do mês e não diz que horas são!

— Por que deveria? — murmurou o Chapeleiro. — O *seu* relógio diz que ano é?

— Claro que não — respondeu Alice prontamente. — Mas isso é porque fica no mesmo ano por muito tempo.

— Que é o mesmo caso do *meu* — disse o Chapeleiro.

Alice se sentiu muito intrigada. O comentário do Chapeleiro pareceu não ter nenhum significado, mas era no idioma dela, certamente.

— Eu não entendo o que você diz — disse ela da forma mais educada que pôde.

— O Arganaz está dormindo de novo — disse o Chapeleiro, e derramou um pouco de chá quente no focinho dele.

O Arganaz sacudiu a cabeça com impaciência e disse, sem abrir os olhos:

— Claro, claro. Era exatamente o que eu ia comentar.

— Você já adivinhou a charada? — perguntou o Chapeleiro, virando-se para Alice de novo.

— Não, eu desisto — respondeu Alice. — Qual é a resposta?

— Eu não tenho a menor ideia — disse o Chapeleiro.

— Nem eu — disse a Lebre.

Alice deu um suspiro profundo.

— Acho que vocês poderiam fazer algo melhor com o tempo — disse ela — do que o desperdiçar fazendo charadas que não têm resposta.

— Se você conhecesse o Tempo tão bem quanto eu — disse o Chapeleiro —, não falaria sobre desperdiçá-lo. Ele é um *senhor*.

In this Style 10/6
GELÉIA DE
LARANJA

— Eu não sei o que você quer dizer — disse Alice.

— Claro que não sabe! — disse o Chapeleiro, virando a cabeça com desdém. — Eu diria que você nunca falou com o Tempo!

— Talvez não — respondeu Alice cautelosamente —, mas eu sei que tenho que seguir a batida do tempo quando estudo música.

— Ah! Isso explica — disse o Chapeleiro. — Ele não tolera batida. Agora, se você estivesse em bons termos com ele, ele faria quase qualquer coisa que você quisesse com o relógio. Por exemplo, suponha que fossem nove horas da manhã, na hora de começar as aulas: você só precisaria sussurrar uma dica para o tempo, e o relógio se aceleraria num piscar de olhos! Uma e meia, hora de comer!

(— Quem me dera que fosse — disse a Lebre baixinho para si mesma.)

— Seria ótimo, certamente — disse Alice, pensativa. — Mas aí... eu não estaria com fome para comer, sabe?

— Não de primeira, talvez — disse o Chapeleiro. — Mas você poderia manter o relógio à uma e meia pelo tempo que quisesse.

— É assim que *você* faz? — perguntou Alice.

O Chapeleiro balançou a cabeça com pesar.

— Não eu! — respondeu ele. — Nós brigamos em março, logo antes de *ele* ficar louco, sabe? — (apontando com a colher de chá para a Lebre) —; foi no grande concerto dado pela Rainha de Copas, e eu tive que cantar:

"Brilha, brilha, morceguinho,
Quero ver você voar!"

— Por acaso você conhece a música?

— Eu ouvi uma parecida — disse Alice.

— Continua, sabe — disse o Chapeleiro —, bem assim:

"Lá no céu, pequenininho,
Como uma bandeja de chá.
Brilha, brilha..."

Nisso, o Arganaz se sacudiu e começou a cantar dormindo:

— *Brilha, brilha, brilha, brilha...* — E continuou por tanto tempo que tiveram que beliscá-lo para fazê-lo parar.

— Bom, eu mal tinha terminado a primeira estrofe — disse o Chapeleiro — e a Rainha deu um pulo e berrou: "Ele está assassinando o tempo! Cortem-lhe a cabeça!".

— Que terrivelmente selvagem! — exclamou Alice.

— E desde então — continuou o Chapeleiro em tom pesaroso —, ele não faz nada que eu peço! São sempre seis horas agora.

Uma ideia brilhante surgiu na cabeça de Alice.

— É esse o motivo de ter tantas coisas de chá aqui? — perguntou ela.

— Sim, é por isso — disse o Chapeleiro com um sussurro. — É sempre hora do chá, e nós não temos tempo de lavar as coisas entre uma vez e outra.

— Então vocês ficam revezando, imagino? — disse Alice.

— Exatamente — disse o Chapeleiro. — Conforme as coisas são usadas.

— Mas o que acontece quando você volta para o começo? — Alice arriscou-se a perguntar.

— Que tal mudarmos o assunto? — interrompeu a Lebre de Março, bocejando. — Estou me cansando desse. Voto para que a jovem nos conte uma história.

— Infelizmente, não sei nenhuma — disse Alice, um tanto alarmada com a proposta.

— Então o Arganaz contará! — gritaram os dois. — Acorde, Arganaz! — E o beliscaram dos dois lados ao mesmo tempo.

O Arganaz abriu os olhos lentamente.

— Eu não estava dormindo — disse ele com voz rouca e fraca. — Eu ouvi todas as palavras que vocês disseram.

— Conte uma história! — disse a Lebre de Março.

— Sim, por favor! — suplicou Alice.

— E seja rápido — acrescentou o Chapeleiro —, senão você vai pegar no sono de novo antes de acabar.

— Era uma vez três irmãzinhas — começou o Arganaz com pressa. — Seus nomes eram Elsie, Lacie e Tillie; e elas moravam no fundo de um poço...

— De que elas viviam? — perguntou Alice, que sempre se interessava muito por questões de comida e bebida.

— Elas viviam de melaço — disse o Arganaz depois de pensar um ou dois minutos.

— Isso não é possível, você sabe — observou Alice gentilmente. — Elas teriam ficado doentes.

— E estavam — disse o Arganaz. — *Muito* doentes.

Alice tentou imaginar como seria viver de forma tão exótica, mas a ideia a intrigou tanto que ela continuou:

— Mas por que elas moravam no fundo de um poço?

— Tome mais um pouco de chá — disse a Lebre de Março para Alice com muito zelo.

— Eu ainda não tomei nada — respondeu Alice em tom ofendido —, então não posso tomar mais.

— Você quer dizer que não pode tomar *menos* — disse o Chapeleiro. — É bem fácil tomar *mais* do que nada.

— Ninguém pediu a *sua* opinião — disse Alice.

— Quem está fazendo comentários pessoais agora? — perguntou o Chapeleiro de forma triunfante.

Alice não soube o que dizer sobre isso; então, serviu-se de chá e pão com manteiga e se virou para o Arganaz e repetiu a pergunta:

— Por que elas moravam no fundo de um poço?

O Arganaz levou de novo um ou dois minutos para pensar e disse:

— Era um poço de melaço.

— Isso não existe! — disse Alice com muita irritação, mas o Chapeleiro e a Lebre de Março disseram:

— Shh! Shh!

E o Arganaz comentou com mau humor:

— Se você não sabe se comportar, então termine você a história.

— Não, por favor, continue! — disse Alice muito humildemente. — Eu não vou interromper de novo. Eu diria que talvez exista *um*.

— Um, de fato! — disse o Arganaz com indignação. Entretanto, ele consentiu em continuar. — E assim, essas três irmãzinhas, elas estavam aprendendo a desenhar, sabe...

— O que elas desenhavam? — perguntou Alice, esquecendo a promessa.

— Melaço — disse o Arganaz, sem pensar nadinha desta vez.

— Eu quero uma xícara limpa — interrompeu o Chapeleiro. — Vamos todos mudar de lugar.

Ele mudou de lugar enquanto falava, e o Arganaz o seguiu; a Lebre de Março se mudou para o lugar do Arganaz, e Alice, contra a vontade, assumiu o lugar da Lebre de Março. O Chapeleiro foi o único que tirou vantagem da mudança; e Alice ficou bem pior do que antes, pois a Lebre de Março tinha acabado de virar a jarra de leite no prato.

Alice não queria ofender o Arganaz de novo, então começou a falar com muita cautela:

— Mas eu não entendi. De onde elas tiravam melaço?

— É possível tirar água de um poço de água — disse o Chapeleiro. — Então, imagino que dê para tirar melaço de um poço de melaço... não é, sua burra?

— Mas elas estavam *dentro* do poço — disse Alice para o Arganaz, preferindo não dar atenção a esse último comentário.

— Claro que estavam — disse o Arganaz. — Estavam poço adentro.

Essa resposta confundiu tanto a pobre Alice que ela deixou o Arganaz falar por um tempo sem interrompê-lo.

— Elas estavam aprendendo a desenhar — disse o Arganaz, bocejando e esfregando os olhos, pois ele estava ficando bem sonolento. — E elas desenharam todos os tipos de coisa… tudo que começa com M…

— Por que com M? — perguntou Alice.

— Por que não? — disse a Lebre de Março.

Alice ficou em silêncio.

O Arganaz já tinha fechado os olhos e estava começando a cochilar; mas, ao ser beliscado pelo Chapeleiro, acordou de novo com um gritinho e prosseguiu:

— … que começa com M, como maritacas, e montanhas, e memória, e muitice… sabe quando a gente diz que uma coisa é "muita muitice"? Você já viu um desejo de uma muitice?

— Agora que você perguntou — disse Alice, muito confusa —, eu acho que não…

— Então você não deveria falar — disse o Chapeleiro.

Essa grosseria foi mais do que Alice era capaz de suportar: ela se levantou com grande repulsa e saiu andando. E o Arganaz adormeceu imediatamente, e nenhum dos dois prestou atenção no afastamento dela, apesar de ela ter olhado para trás uma ou duas vezes, meio que com esperanças de que eles a chamassem. Na última vez que ela os viu, eles estavam tentando botar o Arganaz no bule de chá.

— Eu não volto *lá* nunca mais! — disse Alice enquanto seguia pela floresta. — É o chá mais idiota a que já fui em toda a minha vida!

Assim que falou isso, ela reparou que uma das árvores tinha uma porta que levava para dentro dela. *Que curioso!* pensou ela. *Mas tudo hoje está curioso. Acho que eu posso muito bem entrar agora mesmo.* E ela entrou.

Novamente, ela se viu no corredor comprido, e perto da mesinha de vidro.

— Eu vou me sair melhor desta vez — disse ela para si mesma, e começou pegando a chavezinha dourada e destrancando a porta que levava ao jardim. Em seguida, ela mordiscou o cogumelo (ela tinha guardado um pedacinho no bolso) até estar com uns trinta centímetros de altura; caminhou pela passagem curta; e *então...* ela entrou finalmente no lindo jardim, entre os canteiros de flores coloridas e os chafarizes frescos.

O CAMPO DE CROQUÉ DA RAINHA

Havia uma roseira grande perto da entrada do jardim. Suas rosas eram brancas, mas havia três jardineiros ao redor delas ocupados, pintando-as de vermelho. Alice achou isso uma coisa muito curiosa, e chegou mais perto para olhar para eles, e ouviu um deles dizer:

— Cuidado agora, Cinco! Não respinga tinta em mim assim!

— Eu não pude evitar — disse Cinco com tom mal-humorado. — O Sete esbarrou no meu cotovelo.

Ao ouvir isso, Sete olhou para a frente e disse:

— Isso mesmo, Cinco! Sempre botando a culpa nos outros!

— Melhor *você* não falar nada! — disse Cinco. — Eu ouvi a Rainha dizer ontem mesmo que você merecia ser decapitado.

— Por que motivo? — disse o que tinha falado primeiro.

— Isso não é da *sua* conta, Dois! — disse Sete.

— Sim, *é* da conta dele! — disse Cinco. — E eu vou contar para ele. Foi por levar para o cozinheiro raízes de tulipa em vez de cebolas.

Sete jogou o pincel no chão e tinha começado a falar:

— Ora, de todas as coisas injustas do mundo...

Mas seu olhar pousou em Alice enquanto ela os olhava, e ele se interrompeu de repente. Os outros também olharam e todos se curvaram muito.

— Vocês podem me contar — pediu Alice com uma certa timidez — por que estão pintando essas rosas?

Cinco e Sete não disseram nada, só olharam para Dois. Dois começou a falar com voz baixa:

— Ora, a verdade, moça, é que aqui devia haver uma roseira *vermelha*, e nós colocamos uma branca por engano; e se a Rainha descobrisse, nós todos seríamos decapitados, sabe? Então, moça, nós estamos nos esforçando, antes que ela venha...

Nessa hora, Cinco, que estava olhando com ansiedade pelo jardim, gritou:

— A Rainha! A Rainha!

E os três jardineiros na mesma hora se deitaram de cara no chão. Houve um som de muitos passos e Alice olhou ao redor, ansiosa para ver a Rainha.

Primeiro, vieram dez soldados carregando paus; esses tinham o mesmo formato dos três jardineiros, oblongos e achatados, com as mãos e os pés nos cantos. Em seguida, os dez cortesãos; eles estavam todos ornamentados com

ouros e andavam dois a dois, como os soldados. Depois deles vieram as crianças reais; eram dez, e os lindinhos vieram pulando alegremente de mãos dadas, em duplas. Todos estavam ornamentados com corações. Em seguida, vieram os convidados, a maioria Reis e Damas, e entre eles Alice reconheceu o Coelho Branco. Ele estava falando de um jeito apressado e nervoso, sorrindo para tudo que era dito, e passou sem reparar nela. Em seguida, veio o Valete de Copas, carregando a coroa do Rei em uma almofada de veludo carmesim. E, no final dessa grandiosa procissão, vieram O REI E A RAINHA DE COPAS.

Alice ficou com uma certa dúvida se não deveria se deitar com a cara no chão como os três jardineiros, mas não conseguiu se lembrar de ter ouvido falar de uma regra dessa em procissões. *Além do mais, de que adiantaria uma procissão,* pensou ela, *se as pessoas tivessem que se deitar de cara no chão e não pudessem ver?* Portanto, ela ficou parada onde estava e esperou.

Quando a procissão chegou a Alice, todos pararam e olharam para ela, e a Rainha disse com severidade:

— Quem é essa?

Ela falou com o Valete de Copas, que só se curvou e sorriu em resposta.

— Idiota! — disse a Rainha, virando a cabeça com impaciência. E, voltando-se para Alice, continuou: — Qual é seu nome, criança?

— Meu nome é Alice, ao seu dispor, Vossa Majestade — disse Alice muito educadamente. Mas acrescentou para si mesma: *Ora, são só um baralho de cartas, afinal. Eu não preciso ter medo deles!*

— E quem são *esses*? — perguntou a Rainha, apontando para os três jardineiros que estavam deitados em volta da roseira; pois, como eles estavam deitados de bruços, e o desenho nas costas era o mesmo do resto do baralho, ela não conseguia saber se eram jardineiros, soldados, cortesãos ou três dos filhos dela.

— Como *eu* saberia? — disse Alice, surpresa com a própria coragem. — Não é da *minha* conta.

A Rainha ficou vermelha de fúria e, depois de olhar para ela por um momento como uma fera selvagem, gritou:

— Cortem-lhe a cabeça! Cortem...

— Absurdo! — disse Alice, em tom bem alto e decidido, e a Rainha ficou em silêncio.

O Rei colocou a mão no braço dela e disse timidamente:

— Considere o seguinte, minha querida: ela é apenas uma criança!

A Rainha se virou furiosamente para longe dele e falou para o Valete:

— Vire-as!

O Valete fez isso com muito cuidado, com um pé.

— Levantem-se! — disse a Rainha com voz estridente e alta.

E os três jardineiros deram um pulo e começaram a se curvar para o Rei, para a Rainha, para os filhos reais e para todo mundo.

— Parem com isso! — gritou a Rainha. — Vocês me deixam tonta. — E aí, virando-se para a roseira, perguntou: — O que vocês estavam *fazendo* aqui?

— Perdão, Vossa Majestade — disse Dois com um tom muito humilde, apoiando-se em um joelho ao falar —, nós estávamos tentando...

— *Eu* vi! — disse a Rainha, que tinha examinado as rosas nesse intervalo. — Cortem-lhes as cabeças! — E a procissão seguiu em frente, três soldados ficando para trás para executar os infelizes jardineiros, que correram para Alice em busca de proteção.

— Vocês não serão decapitados — disse Alice, e os colocou em um vaso de flores grande ali perto. Os três soldados andaram de um lado para o outro por um ou dois minutos, procurando-os, e em seguida marcharam silenciosamente atrás dos outros.

— As cabeças deles foram cortadas? — gritou a Rainha.

— As cabeças se foram, Vossa Majestade! — gritaram os soldados em resposta.

— Isso mesmo! — gritou a Rainha. — Você sabe jogar croqué?

Os soldados ficaram em silêncio e olharam para Alice, pois a pergunta era evidentemente dirigida a ela.

— Sei! — gritou Alice.

— Então venha! — rugiu a Rainha, e Alice se juntou à procissão, perguntando-se o que aconteceria em seguida.

— Está... está um dia muito bonito! — disse uma voz tímida ao seu lado. Ela estava andando ao lado do Coelho Branco, que estava olhando ansiosamente para o rosto dela.

— Muito — disse Alice. — Onde está a Duquesa?

— Shh! Shh! — disse o Coelho em tom baixo e apressado. Ele olhou ansioso por cima do ombro enquanto falava, e ficou nas pontas dos pés, botou a boca perto do ouvido dela e sussurrou: — Ela está sob sentença de execução.

— Por quê? — disse Alice.

— Você disse "Que pena!"? — perguntou o Coelho.

— Não disse, não — disse Alice. — Não acho uma pena. Eu disse "Por quê?".

— Ela deu um tapão nos ouvidos da Rainha... — disse o Coelho. Alice soltou uma risada alta. — Ah, shh! — sussurrou o Coelho em tom assustado. — A Rainha vai te ouvir! Ela chegou meio atrasada, e a Rainha disse...

— Vão para os seus lugares! — gritou a Rainha com voz de trovão, e as pessoas começaram a correr em todas as direções, tropeçando umas nas outras; entretanto, elas se acomodaram em um ou dois minutos e o jogo começou. Alice pensou que nunca tinha visto um campo de croqué tão curioso na vida: era cheio de cristas e sulcos; as bolas eram porcos-espinhos vivos, os tacos eram flamingos vivos e os soldados tinham que se curvar e ficar com as mãos e pés apoiados no chão para fazer os arcos.

A maior dificuldade que Alice teve foi em controlar o flamingo: ela conseguiu botar o corpo dele com conforto embaixo do braço, com as pernas para baixo, mas em geral, assim que ela tinha conseguido esticar o pescoço dele e ia dar um golpe no porco-espinho com a cabeça da ave, o flamingo se *virava* e olhava para a cara dela, com uma expressão tão intrigada que ela não conseguia evitar uma gargalhada. E quando ela conseguia abaixar a cabeça dele e ia começar de novo, era uma grande provocação ver que o porco-espinho tinha se desenrolado e estava escapando. Além de tudo isso, havia uma crista ou sulco no caminho para o qual ela queria jogar o porco-espinho, e, como os soldados curvados no chão estavam sempre se levantando e indo para outras partes do campo, Alice logo chegou à conclusão de que era um jogo muito difícil mesmo.

Os jogadores todos jogavam ao mesmo tempo sem esperar vez, discutindo o tempo todo e brigando pelos porcos-espinhos; e, em pouquíssimo tempo, a Rainha entrou em estado de fúria e saiu batendo os pés e gritando “Cortem a cabeça dele!” ou “Cortem a cabeça dela!” de minuto em minuto.

Alice começou a ficar muito inquieta. Ela não tinha ainda tido nenhum problema com a Rainha, mas sabia que podia acontecer a qualquer minuto, *e aí*, pensou ela, *o que seria de mim? Eles gostam terrivelmente de decapitar pessoas aqui; a grande surpresa é ainda haver gente viva!*

Ela estava olhando em volta em busca de um jeito de escapar e se perguntando se poderia se afastar sem ser vista quando reparou em uma aparição curiosa no ar. Intrigou-a demais no começo, mas, depois de observar por um ou

Alice esperou até os olhos aparecerem e assentiu. *Não adianta falar com ele*, pensou ela, *até as orelhas terem surgido, ou pelo menos uma delas.* Em outro minuto, a cabeça toda apareceu, e Alice botou o flamingo no chão e começou a relatar o jogo, sentindo-se satisfeita de ter alguém para ouvi-la. O Gato pareceu achar que havia o suficiente dele visível e nenhuma outra parte apareceu.

— Eu acho que eles não jogam de forma justa — disse Alice, em tom de reclamação —, e brigam de um jeito tão horrível que nem dá para se ouvir falar. E parecem não ter regra nenhuma; ao menos, se têm, ninguém segue. E você não tem ideia de como é confuso todas as coisas serem vivas. Por exemplo, ali está o arco pelo qual eu tenho que passar agora, andando para o outro lado do campo. E eu devia ter acertado o porco-espinho da Rainha agora, mas ele saiu correndo quando viu o meu chegando!

— Você gosta da Rainha? — perguntou o gato com voz baixa.

— Nem um pouco — disse Alice. — Ela tem tanta... — nessa hora, ela reparou que a Rainha estava logo atrás dela, ouvindo; por isso, ela prosseguiu — ... chance de ganhar que nem vale a pena terminar o jogo.

A Rainha sorriu e seguiu em frente.

— Com *quem* você está falando? — perguntou o Rei, indo até Alice e olhando para a cabeça do Gato com grande curiosidade.

— Um amigo meu, um Gato de Cheshire — disse Alice. — Permita-me apresentá-lo.

— Não gosto da cara dele, nem um pouco — disse o Rei. — No entanto, ele pode beijar a minha mão se quiser.

— Eu prefiro não — comentou o Gato.

— Não seja impertinente — disse o Rei —, e não me olhe assim! — Ele foi para trás de Alice enquanto falava.

— Um gato pode olhar para um rei — disse Alice. — Eu li isso em algum livro, mas não lembro onde.

— Bem, ele precisa ser retirado — disse o Rei decisivamente, e chamou a Rainha, que estava passando no momento. — Minha querida! Eu queria que você mandasse retirar esse gato!

A Rainha só tinha um jeito de resolver dificuldades, grandes ou pequenas.

— Cortem a cabeça dele! — disse ela, sem nem olhar.

— Vou buscar o carrasco — disse o Rei com avidez, e saiu apressado.

Alice pensou que deveria voltar e ver como o jogo estava indo quando ouviu a voz da Rainha ao longe, gritando alto. Ela já a tinha ouvido sentenciar três dos jogadores à execução por perderem a vez, e ela não estava gostando nem um pouco de como as coisas se apresentavam, pois o jogo estava uma confusão tão grande que ela nunca sabia se era a vez dela ou não. Então, ela foi em busca do seu porco-espinho.

O porco-espinho estava brigando com outro, o que pareceu a Alice uma excelente oportunidade de jogar um no outro com o taco; a única dificuldade foi que o flamingo dela estava do outro lado do jardim, onde Alice o via tentando de um jeito meio inútil voar para uma árvore.

Quando ela conseguiu pegar o flamingo e o levar de volta, a briga tinha acabado e os dois porcos-espinhos tinham sumido. *Mas não importa muito,* pensou Alice, *pois todos os arcos deste lado do campo sumiram.* Ela o enfiou embaixo do braço para que não escapasse de novo e voltou para conversar mais um pouco com o amigo.

Quando chegou ao Gato de Cheshire, ela ficou surpresa de encontrar um grupo bem grande em volta dele. Havia uma discussão em andamento entre o carrasco, o Rei e a Rainha, que estavam todos falando ao mesmo tempo, enquanto todo o resto ficou em silêncio, parecendo muito desconfortável.

Assim que Alice apareceu, ela foi convocada pelos três para resolver a questão, e eles repetiram os argumentos para ela, embora, como todos falaram ao mesmo tempo, ela tenha tido dificuldade de entender exatamente o que estavam dizendo.

O argumento do carrasco era que não se podia cortar uma cabeça se não houvesse um corpo do qual cortar; que ele nunca tinha precisado fazer uma coisa dessas antes e que não ia começar *naquela* hora da vida.

O argumento do Rei era que qualquer coisa que tinha cabeça podia ser decapitada e que não era para falar besteira.

O argumento da Rainha era que, se uma coisa não fosse feita imediatamente, ela mandaria executar todo mundo ali. (Foi esse último comentário que fez o grupo todo ficar sério e ansioso.)

Alice não conseguiu pensar em mais nada para dizer além de:

— Ele pertence à Duquesa. Melhor perguntar a *ela* sobre ele.

— Ela está na prisão — disse a Rainha ao carrasco. — Busque-a.

E o carrasco saiu voando como uma flecha.

A cabeça do Gato começou a sumir assim que ele se foi, e quando ele voltou com a Duquesa, tinha desaparecido completamente; assim, o Rei e o carrasco correram loucamente procurando, enquanto o resto do grupo voltava ao jogo.

A HISTÓRIA DA TARTARUGA FALSA

— Você não pode imaginar como estou feliz de ver você de novo, querida! — disse a Duquesa enquanto passava o braço afetuosamente pelo de Alice e elas saíam andando juntas.

Alice ficou muito feliz de vê-la com humor tão agradável e pensou que talvez tivesse sido a pimenta que a deixou tão feroz quando elas se encontraram na cozinha.

Quando eu *for Duquesa,* disse ela para si mesma (mas em tom não muito esperançoso), *não vou ter pimenta na cozinha,* nenhuma. *A sopa fica ótima sem. Talvez seja a pimenta que sempre deixa as pessoas de mau humor,* prosseguiu ela, muito satisfeita de ter encontrado uma nova espécie de regra, *e vinagre que as deixa azedas... e camomila que as deixa amargas... e... e açúcar de cevada que as deixa de humor doce. Eu só queria que as pessoas soubessem* disso; *aí elas não seriam tão muquiranas com ele, sabe...*

Ela tinha se esquecido da Duquesa e ficou meio sobressaltada quando ouviu a voz dela perto do ouvido.

— Você está pensando em alguma coisa, querida, e isso faz você se esquecer de falar. Não sei dizer agora qual é a moral disso, mas vou me lembrar daqui a pouco.

— Talvez não haja moral — comentou Alice.

— Tsc, tsc, criança! — disse a Duquesa. — Tudo tem moral se você conseguir encontrar. — E se encostou ainda mais em Alice enquanto falava.

Alice não gostou muito de ela ficar tão perto. Primeiro, porque a Duquesa era *muito* feia, e segundo porque ela era exatamente da altura certa para apoiar o queixo no ombro de Alice, e era um queixo pontudo bem incômodo. Entretanto, ela não gostava de ser rude, então aguentou da melhor forma que pôde.

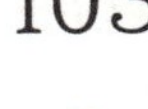

— O jogo está indo bem melhor agora — disse ela para sustentar um pouco a conversa.

— É verdade — disse a Duquesa. — E a moral disso é... "Ah, é o amor, é o amor que faz o mundo girar!"

— Disseram — sussurrou Alice — que é quando cada um cuida da própria vida!

— Ah, bem! Significa a mesma coisa — disse a Duquesa, enfiando o queixinho fino no ombro de Alice enquanto acrescentava: — e a moral *disso* é... "Cuide do sentido e os sons cuidarão de si mesmos."

Como ela gosta de encontrar a moral das coisas!, pensou Alice.

— Eu diria que você está se questionando por que eu não passo o braço pela sua cintura — disse a Duquesa após uma pausa. — O motivo é que eu tenho dúvida sobre o temperamento do seu flamingo. Devo tentar?

— Ele pode bicar — respondeu Alice com cautela, nem um pouco ansiosa para tentar a experiência.

— Verdade verdadeira — disse a Duquesa. — Os flamingos e a mostarda bicam. E a moral disso é... "É melhor uma ave na mão do que duas voando."

— Só que mostarda não é uma ave — comentou Alice.

— Certa, como sempre — disse a Duquesa. — Que jeito claro você tem de botar as coisas!

— É um mineral, eu *acho* — disse Alice.

— Claro que é — disse a Duquesa, que parecia disposta a concordar com tudo que Alice dizia. — Tem uma mina enorme de mostarda perto daqui. E a moral disso é... "Não mexa com a minha mina que eu não mexo com a sua."

— Ah, já sei! — exclamou Alice, que não tinha prestado atenção a esse último comentário. — É uma planta. Não parece, mas é.

— Eu concordo com você — disse a Duquesa. — E a moral disso é... "Seja o que você parece ser." Ou, se você quiser dizer de forma mais simples: "Nunca se imagine sendo diferente do que pode parecer para os outros que você era ou poderia ter sido se o que você tivesse sido tivesse parecido ser diferente para eles".

— Eu acho que entenderia isso melhor — disse Alice muito educadamente — se tivesse anotado. Mas não consigo acompanhar quando você fala.

— Isso não é nada em comparação ao que eu poderia dizer se quisesse — respondeu a Duquesa em tom satisfeito.

— Por favor, não precisa ter o trabalho de dizer de forma mais longa do que essa — disse Alice.

— Ah, não fale de trabalho! — disse a Duquesa. — Eu dou a você de presente tudo que falei até agora.

Que presente vagabundo!, pensou Alice. *Ainda bem que não se dá presentes de aniversário assim!* Mas ela não se arriscou a dizer em voz alta.

— Pensando de novo? — perguntou a Duquesa, com outro aperto do queixinho afiado.

— Eu tenho o direito de pensar — disse Alice rispidamente, pois ela estava começando a ficar um pouco preocupada.

— Tanto direito — disse a Duquesa — quanto os porcos têm de voar; e a m...

Mas aí, para a grande surpresa de Alice, a voz da Duquesa sumiu, no meio da palavra favorita dela, "moral", e o braço que estava passado no dela começou a tremer. Alice ergueu o olhar, e ali estava a Rainha, na frente delas, com os braços cruzados, a testa franzida como uma tempestade.

— Um belo dia, Vossa Majestade! — disse a Duquesa com voz baixa e fraca.

— Eu te dou um aviso — gritou a Rainha, batendo o pé no chão enquanto falava. — Ou você ou sua cabeça precisa sumir, e imediatamente! Pode escolher!

A Duquesa escolheu e sumiu em um instante.

— Vamos continuar o jogo — disse a Rainha para Alice; e Alice ficou com medo demais para falar, mas a seguiu lentamente para o campo de croqué.

Os outros convidados tinham se aproveitado da ausência da Rainha e estavam descansando na sombra; entretanto, assim que a viram, eles voltaram correndo para o jogo, e a Rainha só comentou que um atraso de um momento custaria a vida deles.

O tempo todo em que eles estavam jogando, a Rainha não parou de brigar com os outros jogadores, nem de gritar "Cortem a cabeça dele!" ou "Cortem a cabeça dela!". Os que ela sentenciava eram levados pelos soldados que, é claro, tinham que deixar de ser arcos para fazer

isso, de forma que, ao fim de meia hora, não havia mais arcos, e todos os jogadores, exceto o Rei, a Rainha e Alice, estavam sob custódia e sentenciados de execução.

A Rainha parou, um tanto sem fôlego, e disse para Alice:

— Você já viu a Tartaruga Falsa?

— Não — disse Alice. — Eu nem sei o que é uma Tartaruga Falsa.

— É a coisa de que se faz a Sopa de Tartaruga Falsa — disse a Rainha.

— Eu nunca vi uma, nem ouvi falar — disse Alice.

— Então venha — disse a Rainha — e ele vai te contar a história dele.

Quando elas saíram andando juntas, Alice ouviu o Rei falar em voz baixa para o grupo:

— Vocês estão todos perdoados.

Que coisa boa!, disse ela para si mesma, pois ela tinha ficado bem infeliz com o número de execuções que a Rainha tinha ordenado.

Eles logo encontraram um Grifo, dormindo deitado no sol. (Se você não sabe o que é um Grifo, olhe a figura.)

— Levante-se, coisa preguiçosa! — disse a Rainha —, e leve essa jovem para ver a Tartaruga Falsa e ouvir a história dela. Eu preciso voltar e cuidar das execuções que ordenei. — E ela saiu andando, deixando Alice sozinha com o Grifo. Alice não gostou da cara da criatura, mas de um modo geral ela achou que seria seguro ficar com ela depois daquela Rainha selvagem. Assim, ela esperou.

O Grifo se sentou e esfregou os olhos. Em seguida, ficou olhando para a Rainha até ela sumir de vista e riu.

— Que divertido! — disse o Grifo, em parte para si, em parte para Alice.

— O que *é* divertido? — perguntou Alice.

— Ora, *ela* — disse o Grifo. — É fantasia dela, aquilo. Eles nunca executam ninguém, sabe? Venha!

Todo mundo diz "Venha!" aqui, pensou Alice enquanto seguia lentamente atrás dele. *Eu nunca recebi tantas ordens na vida, nunca!*

Eles não tinham seguido por muito tempo quando viram a Tartaruga Falsa ao longe, sentada triste e solitária em um ressalto de pedra, e, quando eles se aproximaram, Alice a ouviu suspirando como se estivesse de coração partido. Ela teve uma profunda pena dela.

— Qual é a dor dela? — perguntou ela ao Grifo, e o Grifo respondeu basicamente com as mesmas palavras de antes:

— É fantasia dela, aquilo. Ela nunca tem dor nenhuma, sabe? Venha!

Eles foram até a Tartaruga Falsa, que olhou para eles com os olhos grandes cheios de lágrimas, mas não disse nada.

— Essa jovem aqui — disse o Grifo —, ela quer saber sua história. Quer mesmo.

— Vou contar para ela — disse a Tartaruga Falsa com um tom grave e vazio. — Sentem-se, os dois, e não falem nada até eu terminar.

Eles se sentaram, e ninguém falou por alguns minutos. Alice pensou: *Não entendo como ela vai* poder *terminar se não começar.* Mas esperou pacientemente.

— Em uma época — disse a Tartaruga Falsa por fim, com um suspiro profundo —, eu era uma Tartaruga de verdade.

Essas palavras foram seguidas de um longo silêncio, interrompido apenas por uma exclamação ocasional de "Hjckrrh!" do Grifo, e dos soluços pesados constantes da Tartaruga Falsa. Alice estava quase se levantando e dizendo: "Obrigada, senhor, por sua história interessante", mas não conseguia deixar de pensar que *devia* haver mais por vir, então ela ficou parada sem dizer nada.

— Quando nós éramos pequenos — continuou a Tartaruga Falsa por fim, mais calmamente, embora ainda soluçando de vez em quando —, nós íamos à escola no mar. O professor era uma Tartaruga velha, nós o chamávamos de Jabuti...

— Por que vocês o chamavam de Jabuti se ele não era um? — perguntou Alice.

— Nós o chamávamos de Jabuti porque ele nos ensinava — disse a Tartaruga Falsa com irritação. — Você é mesmo muito burra!

— Você devia ter vergonha de fazer uma pergunta tão simples — acrescentou o Grifo; e os dois ficaram em silêncio e olharam para a pobre Alice, que estava pronta para afundar na terra. Finalmente, o Grifo disse para a Tartaruga Falsa: — Continue, camarada! Não leve o dia inteiro!

E ela continuou com estas palavras:

— Sim, nós íamos à escola no mar, embora você possa não acreditar...

— Eu nunca falei que não acreditava! — disse Alice, interrompendo-o.

— Disse — disse a Tartaruga Falsa.

— Segura a língua! — acrescentou o Grifo antes que Alice pudesse falar de novo. A Tartaruga falsa continuou.

— Nós tivemos a melhor educação lá... Na verdade, nós íamos para a escola todos os dias...

— *Eu* também já fui para a escola todos os dias — disse Alice. — Não precisa sentir tanto orgulho disso.

— Com extras? — perguntou a Tartaruga Falsa com ansiedade.

— Sim — disse Alice. — Nós aprendemos francês e música.

— E a lavar? — disse a Tartaruga Falsa.

— Certamente que não! — disse Alice, indignada.

— Ah! Então a sua escola não era tão boa assim — disse a Tartaruga Falsa em tom de grande alívio. — Na *nossa*, tinha, além do básico, "francês, música *e lavagem*... extra".

— Você não devia precisar muito — disse Alice — se morava no fundo do mar.

— Eu não podia pagar para aprender — disse a Tartaruga Falsa com um suspiro. — Eu só fiz o curso regular.

— E o que era?

— Lentura e Cantoria, claro, para começar — respondeu a Tartaruga Falsa. — E os diferentes ramos da Aritmética: Ambição, Submersão, Horrorização e Distração.

— Eu nunca ouvi falar de "Horrorização" — Alice se arriscou a dizer. — O que é?

O Grifo levantou as duas patas de surpresa.

— O quê! Nunca ouviu falar de horrorizar! — exclamou ele. — Você sabe o que é embelezar, imagino.

— Sim — disse Alice em dúvida. — Quer dizer... deixar... qualquer coisa... mais bonita.

— Muito bem, então — continuou o Grifo. — Se você não sabe o que é horrorizar, você *é* lerda.

Alice não se sentiu encorajada a fazer mais perguntas sobre aquilo, então se virou para a Tartaruga Falsa e disse:

— O que mais você teve que aprender?

— Bom, havia Mistério — respondeu a Tartaruga Falsa, contando as matérias com as nadadeiras. — Mistério, antigo e moderno, com Ondografia; e Pausologia. O professor de Pausologia era uma enguia velha, que ia lá uma vez por semana; *ele* nos ensinou Pausologia, Alongamento e Desfalecimento em Espiral.

— Como era *isso*? — perguntou Alice.

— Bom, eu não posso mostrar — disse a Tartaruga Falsa. — Eu sou rígida demais. E o Grifo nunca aprendeu.

— Não deu tempo — disse o Grifo. — Mas eu estudei com o professor Clássico. Era um caranguejo velho, ele.

— Eu não estudei com ele — disse a Tartaruga Falsa com um suspiro. — Ele ensinava Risada e Tristeza, diziam.

— Ensinava mesmo, ensinava mesmo — disse o Grifo, suspirando por sua vez; e as duas criaturas esconderam o rosto nas patas.

— E quantas horas por dia vocês tinham aula? — perguntou Alice, querendo mudar de assunto logo.

— Dez horas no primeiro dia — disse a Tartaruga Falsa. — Nove no seguinte, e assim por diante.

— Que planejamento curioso! — exclamou Alice.

— Por isso se chamam ensinamentos — comentou o Grifo. — Porque eles ensinam menos a cada dia.

Essa ideia era nova para Alice, e ela pensou um pouco antes de fazer o comentário seguinte.

— Então o décimo primeiro dia devia ser de folga?

— Claro que era — disse a Tartaruga Falsa.

— E como vocês faziam no décimo segundo? — perguntou Alice com curiosidade.

— Chega de falar de ensinamentos — disse o Grifo, numa interrupção em tom decidido. — Conta para ela sobre os jogos agora.

A QUADRILHA DE LAGOSTAS

A Tartaruga Falsa suspirou profundamente e passou uma das nadadeiras pelos olhos. Ele olhou para Alice e tentou falar, mas, por um ou dois minutos, soluços deixaram sua voz engasgada.

— É como se ele estivesse com um osso entalado na garganta — disse o Grifo; e começou a trabalhar, sacudindo-o e dando socos nas costas dele.

Finalmente, a Tartaruga Falsa recuperou a voz e, com lágrimas descendo pelas bochechas, voltou a falar.

— Você pode não ter morado muito no fundo do mar... — ("Não morei", disse Alice) — ... e talvez nunca tenha sido apresentada para uma lagosta... — (Alice começou a dizer "Eu já experimentei...", mas se deu conta rapidamente e disse: "Não, nunca") —, então não pode ter ideia da maravilha que é uma Quadrilha de Lagostas!

— Não mesmo — disse Alice. — Que tipo de dança é?

— Ora — disse o Grifo —, primeiro você faz uma fila na beira do mar...

— Duas filas! — exclamou a Tartaruga Falsa. — Focas, tartarugas, salmões, e assim por diante; aí, depois de tirar todas as águas-vivas do caminho...

— *Isso* costuma levar um tempo — interrompeu o Grifo.

— ... você avança duas vezes...

— Cada um com uma lagosta como par! — exclamou o Grifo.

— Claro — disse a Tartaruga Falsa. — Avança duas vezes, vira para o parceiro...

— ... muda de lagosta e volta na mesma ordem — continuou o Grifo.

— Aí, você sabe — prosseguiu a Tartaruga Falsa —, você joga as...

— As lagostas! — gritou o Grifo, com um movimento para o ar.

— ... o mais longe no mar que você consegue...

— Nada atrás delas! — gritou o Grifo.

— Dá uma cambalhota no mar! — gritou a Tartaruga Falsa, cabriolando como louca.

— Muda de lagosta de novo! — gritou o Grifo a plenos pulmões.

— De volta para a terra, e essa é toda a primeira parte — disse a Tartaruga Falsa, baixando a voz de repente; e as duas criaturas, que estavam pulando como loucas o tempo todo, acomodaram-se com tristeza e em silêncio e olharam para Alice.

— Deve ser uma dança bem bonita — disse Alice timidamente.

— Quer ver um pouco? — perguntou a Tartaruga Falsa.

— Muito mesmo — disse Alice.

— Venha, vamos tentar a primeira parte! — disse a Tartaruga Falsa para o Grifo. — Nós podemos fazer sem lagostas. Quem vai cantar?

— Ah, canta *você* — disse o Grifo. — Eu esqueci a letra.

Eles começaram a dançar solenemente em volta de Alice, de vez em quando pisando nos dedos dela ao passarem perto demais, e balançando as patas dianteiras para marcar o tempo, enquanto a Tartaruga Falsa cantou isto, de forma muito lenta e triste:

"Pode andar mais rápido?", o caracol ouviu a pescada-
-branca falar.
"Tem um delfim aqui atrás que não para de esbarrar.
Veja com que alegria cada lagosta e tartaruga avança!
Elas estão esperando no cascalho. Quer entrar na dança?
Quer, não quer, quer, não quer, quer entrar na dança?
Quer, não quer, quer, não quer, não quer entrar na dança?"

"Você não tem como saber o quanto vai gostar
Quando nos pegarem e jogarem com as lagostas no mar!"
Mas o caracol respondeu "Longe demais, é longe demais",
sem esperança.
Disse que estava grato à pescada-branca, mas não queria
entrar na dança.
Não queria, não podia, não queria, não podia, não
queria entrar na dança.
Não queria, não podia, não queria, não podia, não podia
entrar na dança.

"Que importância tem se for longe?", perguntou o
escamoso amigo.
"Tem outra margem, sabe, do outro lado, não tem perigo.
Quanto mais longe da Inglaterra, mais perto da França...

Então não empalideça, amado caracol, mas venha entrar
na dança.
Quer, não quer, quer, não quer, quer entrar na dança?
Quer, não quer, quer, não quer, não quer entrar na dança?"

— Obrigada, foi uma dança muito interessante de ver — disse Alice, feliz por ter finalmente acabado. — Gostei muito da música curiosa sobre a pescada-branca!

— Ah, quanto à pescada-branca — disse a Tartaruga Falsa —, é... você já viu uma, claro.

— Sim — disse Alice. — Eu vi muitas vezes no jant... — Ela parou de repente.

— Eu não sei onde fica o Jant — disse a Tartaruga Falsa —, mas, se você já viu muitas, você sabe como é.

— Acredito que sim — respondeu Alice, pensativamente. — Elas têm o rabo na boca... e ficam por cima da farofa.

— Você está enganada sobre farofa — disse a Tartaruga Falsa. — A farofa ia se desfazer no mar. Mas elas *têm* o rabo na boca; e o motivo é... — Aqui, a Tartaruga Falsa bocejou e fechou os olhos. — Conta para ela o motivo e tudo mais — disse ela para o Grifo.

— O motivo é — disse o Grifo — que elas *iriam* com as lagostas dançar. Então, foram jogadas no mar. Então, tiveram uma queda muito longa. Então, colocaram os rabos na boca. Então, não puderam tirar mais. Só isso.

— Obrigada — disse Alice. — É muito interessante. Eu nunca aprendi tanto sobre pescada-branca.

— Eu posso contar mais se você quiser — disse o Grifo. — Você sabe por que se chama pescada-branca?

— Eu nunca pensei nisso — disse Alice. — Por quê?

— *Cuida das botas e sapatos* — respondeu o Grifo muito solenemente.

Alice não entendeu nada.

— Cuida das botas e sapatos! — repetiu ela com voz intrigada.

— Ora, com que você cuida dos *seus* sapatos? — perguntou o Grifo. — Quer dizer, o que os deixa brilhando tanto?

Alice olhou para eles e pensou um pouco antes de dar a resposta.

— É a graxa preta, acredito.

— Botas e sapatos no fundo do mar — continuou o Grifo com voz grave — são cuidados com pescada-branca. Agora você sabe.

— E de que são feitos? — perguntou Alice com tom de grande curiosidade.

— De linguado e bicuda, claro — respondeu o Grifo com certa impaciência —; qualquer camarão poderia ter te contado.

— Se eu fosse a pescada-branca — disse Alice, cujos pensamentos ainda estavam na música —, eu teria dito para o delfim: "Fique para trás, por favor. Nós não queremos *você* conosco!".

— Eles eram obrigados a aceitá-la — disse a Tartaruga Falsa. — Nenhum peixe inteligente iria a qualquer lugar sem um delfim.

— Não? — perguntou Alice em tom de grande surpresa.

— Claro que não — disse a Tartaruga Falsa. — Ora, se um peixe viesse até *mim* e me dissesse que ia viajar, eu diria: "Com que delfim?".

— Você não quer dizer "com que fim"? — perguntou Alice.

— Eu quero dizer o que disse — respondeu a Tartaruga Falsa com tom ofendido.

E o Grifo acrescentou:

— Vamos ouvir algumas das *suas* aventuras.

— Eu poderia contar as minhas aventuras, começando por hoje de manhã — disse Alice timidamente. — Mas não adianta voltar para o ontem, porque lá eu era uma pessoa diferente.

— Explique isso tudo — disse a Tartaruga Falsa.

— Não, não! As aventuras primeiro — disse o Grifo em tom impaciente. — Explicações demoram tanto tempo.

Alice começou então a contar suas aventuras, desde a hora em que viu o Coelho Branco pela primeira vez. Ela estava meio nervosa no começo, porque as duas criaturas chegaram tão perto dela, uma de cada lado, e abriram os olhos e boca de forma *tão* escancarada, mas ganhou coragem conforme prosseguiu. Seus ouvintes ficaram perfeitamente calados até ela chegar à parte sobre ela recitar *"Você está velho, pai William"* para a Lagarta, e a letra sair diferente, e aí a Tartaruga Falsa respirou fundo e disse:

— Isso é muito curioso.

— É curioso demais mesmo — disse o Grifo.

— Saiu tudo diferente! — repetiu a Tartaruga Falsa, pensativa. — Eu gostaria de ouvi-la tentar repetir alguma coisa agora. Diga para ela começar. — Ele olhou para o Grifo como se achasse que ele tinha algum tipo de autoridade sobre Alice.

— Fique de pé e recite *"Esta é a voz do preguiçoso"*, disse o Grifo.

Como as criaturas ficam mandando umas nas outras e fazem com que repitam lições!, pensou Alice. *Era mais fácil estar logo na escola.*

Entretanto, ela se levantou e começou a recitar, mas sua cabeça estava tão cheia da Quadrilha de Lagostas que ela mal sabia o que estava dizendo, e a letra saiu mesmo muito estranha…

"Esta é a voz da Lagosta; eu a ouvi declarar,
"Você me deixou tostada, meu cabelo preciso adoçar."
Como um pato com as pálpebras, com o nariz faz ela
Ajeita cinto e botões e os dedos dos pés viram para a janela.

Quando as areias estão secas, ele fica como uma cotovia
E vai falar sobre o Tubarão cheio de desprezo e alegria,
Mas, quando a maré sobe e tem tubarões por perto,
A voz dele adquire um tom tímido e incerto."

— Isso é diferente do que *eu* dizia quando era criança — disse o Grifo.

— Bom, eu nunca ouvi — disse a Tartaruga Falsa. — Mas parece uma baboseira incomum.

Alice não disse nada; ela tinha se sentado com o rosto nas mãos, perguntando-se se alguma coisa *algum dia* aconteceria de forma natural de novo.

— Eu gostaria que fosse explicado — disse a Tartaruga Falsa.

— Ela não pode explicar — disse o Grifo rapidamente. — Vá para a estrofe seguinte.

— Mas e os dedos dos pés? — insistiu a Tartaruga Falsa. — Como ela *pode* virá-los para a janela sem o nariz?

— É a primeira posição de dança — disse Alice; mas ficou terrivelmente intrigada com a coisa toda e desejava mudar de assunto.

— Vá para a estrofe seguinte — repetiu o Grifo com impaciência. — Começa com *"Eu passei pelo jardim dele"*.

Alice não ousou desobedecer, embora tivesse certeza de que sairia tudo errado, e continuou com voz trêmula:

"Eu passei pelo jardim dele e observei
pela porta
Que a Coruja e a Pantera estavam dividindo
uma torta.
A Pantera ficou com a massa, o molho
e o recheio,
E a Coruja ficou com o prato como parte
do rateio.

Quanto a torta acabou,
a Coruja não pôde escolher,
Mas teve a permissão de ficar com a colher;
Enquanto a Pantera pegou
o garfo e a faca suja,
E concluiu o banquete..."

— Qual *é* a utilidade de repetir isso tudo — interrompeu a Tartaruga Falsa — se você não explica enquanto fala? É disparado a coisa mais confusa que *eu* já ouvi!

— Sim, acho que é melhor parar — disse o Grifo. E Alice ficou feliz da vida por isso.

— Vamos tentar outra parte da Quadrilha de Lagostas? — perguntou o Grifo. — Ou você quer que a Tartaruga Falsa cante uma canção?

— Ah, uma canção, por favor, se a Tartaruga Falsa quiser fazer a gentileza — respondeu Alice, tão ávida que o Grifo disse, em tom um tanto ofendido:

— Hum! Cada um tem seu gosto! Canta para ela *"Sopa de Tartaruga"*, por favor, amigão.

A Tartaruga Falsa suspirou profundamente e começou, com uma voz às vezes sufocada de soluços, a cantar o seguinte:

"Bela sopa, tão saborosa e verde,
Esperando em uma sopeira quente!
Quem não gostaria de uma delícia na boca?
Sopa da noite, bela Sopa!
Sopa da noite, bela Sopa!
Beeeee-la Sooooo-pa!
Beeeee-la Sooooo-pa!
Sooooo-pa da nooooi-te,
Bela, bela Sopa!

Bela Sopa! Quem liga para peixes,
Carnes ou qualquer prato desses?
Quem não daria até a própria roupa
Por duas colheradas da bela Sopa?
Colheradas da bela Sopa?
Beeeee-la Sooooo-pa!
Beeeee-la Sooooo-pa!
Sooooo-pa da nooooi-te,
Bela, be-LA SOPA!"

— Refrão de novo! — gritou o Grifo, e a Tartaruga Falsa tinha acabado de começar a repetição quando um grito de "O julgamento está começando" foi ouvido ao longe.

— Vamos! — gritou o Grifo, e, pegando Alice pela mão, saiu correndo, sem esperar o fim da música.

— Que julgamento é? — disse Alice, ofegante, enquanto corria; mas o Grifo só respondeu "Vamos!" e correu mais rápido, enquanto cada vez mais baixo soavam, carregadas pela brisa que os seguia, as palavras melancólicas:

"Sooooo-pa da nooooi-te,
Bela, bela Sopa!"

QUEM ROUBOU AS TORTINHAS

O Rei e a Rainha de Copas estavam sentados nos tronos quando eles chegaram, com uma multidão ao redor: todos os tipos de passarinhos e feras, assim como baralhos inteiros de cartas. O Valete estava parado na frente deles, acorrentado, com um soldado de cada lado o acompanhando; e perto do Rei estava o Coelho Branco, com um trompete na mão e um pergaminho na outra. No meio da corte havia uma mesa, com um prato grande de tortinhas em cima. Pareciam tão boas que Alice ficou com uma fome danada só de olhar. *Eu queria que acabasse logo o julgamento*, pensou ela, *e distribuíssem os comes!* Mas parecia não haver chance disso, e ela começou a olhar para tudo ao redor para passar o tempo.

Alice nunca tinha estado em um tribunal de justiça, mas tinha lido sobre eles em livros, e ficou satisfeita de ver que sabia o nome de quase tudo lá. *Aquele é o juiz*, disse ela para si mesma, *por causa da peruca enorme.*

O juiz, a propósito, era o Rei; e como ele usava a coroa por cima da peruca (veja a ilustração se quiser saber como ele fez), ele não parecia estar à vontade, e certamente não era muito lisonjeiro.

E ali fica o cercado do júri, pensou Alice, *e aquelas doze criaturas* (ela foi obrigada a dizer "criaturas", sabe, porque algumas eram animais e outras eram pássaros), *acho que são os jurados.* Ela disse essa última palavra duas ou três vezes para si mesma, sentindo um certo orgulho de si; pois ela pensou corretamente que poucas garotas da idade dela sabiam o significado daquilo tudo. Entretanto, "o júri" teria servido bem.

Os doze jurados estavam escrevendo ativamente em lousas.

— O que eles estão fazendo? — sussurrou Alice para o Grifo. — Eles não podem ter nada para escrever ainda, antes de o julgamento começar.

— Eles estão anotando seus nomes — sussurrou o Grifo em resposta —, por medo de esquecê-los antes do fim do julgamento.

— Que coisas idiotas! — disse Alice com voz alta e indignada, mas parou rapidamente, pois o Coelho Branco gritou:

— Silêncio no tribunal!

E o Rei botou os óculos e olhou ao redor com ansiedade, para ver quem estava falando.

Alice percebeu, tão bem quanto se estivesse olhando por cima do ombro deles, que todos os jurados estavam escrevendo "coisas idiotas!" nas lousas, e ela conseguiu até perceber que um deles não sabia escrever "idiota" e teve que perguntar ao vizinho como era. *Vai haver muitos rabiscos nas lousas antes de o julgamento acabar!*, pensou Alice.

Um dos jurados tinha um lápis que fazia barulho. Isso, claro, Alice *não* conseguiu aguentar, e contornou o tribunal e ficou atrás, e logo encontrou uma oportunidade de pegá-lo. Ela agiu tão rápido que o pobre jurado (era Bill, o Lagarto) não conseguiu entender o que tinha acontecido com o lápis; e depois de procurar por toda parte, ele foi obrigado a escrever com um dedo pelo resto do dia; e isso não adiantou muito, pois não deixava marca nenhuma na lousa.

— Arauto, leia a acusação! — disse o Rei.

Ao ouvir isso, o Coelho Branco soprou três vezes no trompete, desenrolou o pergaminho e leu o seguinte:

"A Rainha de Copas fez algumas tortinhas
Em um belo dia de verão;
O Valete de Copas roubou as tortinhas,
E levou embora, esse ladrão!"

— Considerem seu veredito — disse o Rei para o júri.

— Ainda não, ainda não! — interrompeu rapidamente o Coelho. — Há muita coisa antes disso!

— Chame a primeira testemunha — disse o Rei.

E o Coelho Branco soprou três vezes o trompete e chamou:

— Primeira testemunha!

A primeira testemunha era o Chapeleiro. Ele chegou com uma xícara de chá em uma das mãos e um pedaço de pão com manteiga na outra.

— Peço perdão, Vossa Majestade — disse ele —, por trazer isto; mas eu não tinha terminado meu chá quando fui chamado.

— Você deveria ter terminado — disse o Rei. — Quando começou?

O Chapeleiro olhou para a Lebre de Março, que o tinha seguido para o tribunal de braços dados com o Arganaz.

— No dia quatorze de março, eu *acho* — disse ele.

— Quinze — disse a Lebre de Março.

— Dezesseis — acrescentou o Arganaz.

— Anotem isso — disse o Rei para o júri, e os jurados escreveram as três datas nas lousas e as somaram, e reduziram a resposta para xelins e pence.

— Tire seu chapéu — disse o Rei para o Chapeleiro.

— Não é meu — disse o Chapeleiro.

— *Roubado!* — exclamou o Rei, virando-se para o júri, que na mesma hora tomou anotação do fato.

— Eu tenho para vender — acrescentou o Chapeleiro como explicação. — Eu não tenho nenhum meu. Eu sou chapeleiro.

Aqui, a Rainha colocou os óculos e começou a olhar para o Chapeleiro, que ficou pálido e agitado.

— Dê seu depoimento — disse o Rei — e não fique nervoso, senão vou mandar você ser executado aí mesmo.

Isso não pareceu encorajar a testemunha. Ele ficou se mexendo sem parar, olhando com inquietação para a Rainha, e na confusão acabou mordendo um pedaço grande da xícara em vez do pão com manteiga.

Nessa hora, Alice teve uma sensação curiosa, que a intrigou muito até ela entender o que era: ela estava começando a ficar maior de novo, e pensou primeiro em se levantar e sair do tribunal; mas, ao pensar de novo, ela decidiu permanecer ali enquanto houvesse espaço para ela.

— Eu queria que você não me espremesse assim — disse o Arganaz, que estava sentado ao lado dela. — Não estou conseguindo respirar.

— Eu não consigo controlar — disse Alice muito docilmente. — Estou crescendo.

— Você não tem o direito de crescer *aqui* — disse o Arganaz.

— Não fale besteira — disse Alice com mais ousadia. — Você sabe que também está crescendo.

— Sim, mas *eu* cresço em um ritmo razoável — disse o Arganaz. — Não dessa forma ridícula. — E ele se levantou com mau humor e foi para o outro lado do tribunal.

O tempo todo, a Rainha não parou de encarar o Chapeleiro, e quando o Arganaz atravessou o tribunal, ela disse para um dos guardas da corte:

— Traga a lista dos cantores do último concerto! — Nessa hora, o pobre Chapeleiro tremeu tanto que os dois sapatos saíram dos pés dele.

— Dê seu depoimento — repetiu o Rei com irritação —, senão vou mandar você ser executado, quer esteja nervoso ou não.

— Eu sou um pobre homem, Vossa Majestade — começou o Chapeleiro, com voz trêmula —, e não tinha começado meu chá… não mais de que uma semana, mais ou menos… e com o pão e manteiga ficando tão fino… e o chamariz do chá…

— O chamariz de *quê*? — disse o Rei.

— *Começou* com o chá — respondeu o Chapeleiro.

— Claro que chamariz começa com chá! — disse o Rei rispidamente. — Você acha que sou burro? Continue!

— Eu sou um pobre homem — continuou o Chapeleiro — e a maioria das coisas brilhou depois disso… só que a Lebre de Março disse…

— Eu não disse! — interrompeu a Lebre de Março apressadamente.

— Disse, sim! — disse o Chapeleiro.

— Eu nego! — disse a Lebre de Março.

Murta

— Ele nega — disse o Rei. — Deixe essa parte de fora.

— Bem, de qualquer modo, o Arganaz disse... — continuou o Chapeleiro, olhando ansiosamente ao redor para ver se ele também negaria. Mas o Arganaz não negou nada, pois dormia profundamente.

— Depois disso — continuou o Chapeleiro —, eu cortei mais pão com manteiga...

— Mas o que o Arganaz disse? — perguntou um dos jurados.

— Disso eu não consigo me lembrar — disse o Chapeleiro.

— Você *tem* que lembrar — comentou o Rei —, senão vou mandar você ser executado.

O infeliz Chapeleiro largou a xícara de chá e o pão com manteiga e se apoiou em um joelho.

— Eu sou um pobre homem, Vossa Majestade — começou ele.

— Você é um *péssimo orador* — disse o Rei.

Aqui, um dos porquinhos-da-índia comemorou, e foi imediatamente reprimido pelos guardas do tribunal. (Como essa é uma palavra difícil, vou explicar como era feito. Eles tinham uma sacola grande de lona, que podia ser amarrada no alto com cordões; nela, eles colocaram o porquinho-da-índia de cabeça e se sentaram em cima.)

Estou feliz por ter visto quando fizeram isso, pensou Alice. *Tantas vezes eu li nos jornais, no final de julgamentos, "Houve algumas tentativas de aplauso, que foram imediatamente reprimidas pelos guardas do tribunal", e nunca entendi o que significava até agora.*

— Se é só isso que você sabe sobre o assunto, pode descer — continuou o Rei.

— Eu não posso descer mais — disse o Chapeleiro. — Já estou no chão.

— Então você pode *se sentar* — respondeu o Rei.

Nessa hora, o outro porquinho-da-índia comemorou e foi reprimido.

Ora, isso acabou com os porquinhos-da-índia!, pensou Alice. *Agora tudo vai ficar melhor.*

— Prefiro terminar meu chá — disse o Chapeleiro, com olhar ansioso para a Rainha, que estava lendo a lista de cantores.

— Pode ir — disse o Rei, e o Chapeleiro saiu do tribunal apressado, sem nem esperar para calçar os sapatos.

— ... e corte a cabeça dele lá fora — acrescentou a Rainha para um dos guardas; mas o Chapeleiro já estava longe de vista antes de o guarda conseguir chegar à porta.

— Chamem a próxima testemunha! — disse o Rei.

A próxima testemunha era a cozinheira da Duquesa. Ela estava carregando uma caixa de pimenta na mão, e Alice adivinhou quem era antes mesmo de ela entrar no tribunal por causa do jeito como as pessoas perto da porta começaram a espirrar na mesma hora.

— Dê seu depoimento — disse o Rei.

— Não — disse a cozinheira.

O Rei olhou com ansiedade para o Coelho Branco, que disse em voz baixa:

— Vossa Majestade precisa interrogar *essa* testemunha.

— Bom, se eu preciso, eu preciso — disse o Rei, com um ar melancólico, e, depois de cruzar os braços e franzir a testa para a cozinheira até os olhos estarem quase impossíveis de ver, ele disse em voz grave: — De que são feitas as tortinhas?

— Pimenta, basicamente — disse a cozinheira.

— Melaço — disse uma voz sonolenta atrás dela.

— Capturem aquele Arganaz! — berrou a Rainha. — Decapitem aquele Arganaz! Tirem aquele Arganaz do tribunal! Reprimam-no! Belisquem-no! Cortem-lhe os bigodes!

Por alguns minutos, todo o tribunal ficou em confusão, esperando o Arganaz ser expulso, e quando tinham se acalmado de novo, a cozinheira tinha desaparecido.

— Não importa — disse o Rei, com ar de grande alívio. — Chamem a próxima testemunha. — E acrescentou em tom baixo para a Rainha: — Minha querida, *você* deve interrogar a próxima testemunha. Isso faz com que minha testa fique doendo!

Alice viu o Coelho Branco olhar a lista, sentindo muita curiosidade para ver como seria a próxima testemunha, *pois eles* ainda *não têm muitos depoimentos*, disse ela para si mesma. Imagine a surpresa dela quando o Coelho Branco leu, com toda a potência de sua vozinha aguda, o nome:

— Alice!

O DEPOIMENTO DE ALICE

— Aqui! — gritou Alice, esquecendo-se, na agitação do momento, o quanto tinha crescido nos minutos anteriores, e deu um pulo com tanta pressa que virou o cercado do júri com a barra da saia, virando todos os jurados da plateia de cabeça para baixo, e eles ficaram caídos, fazendo-a se lembrar de um aquário de peixinhos dourados que ela tinha derrubado sem querer na semana anterior.

— Ah, *perdão*! — exclamou ela em tom de grande consternação, e começou a pegá-los tão rapidamente quanto conseguiu, pois o acidente com os peixinhos dourados ficou se repetindo na cabeça dela, e ela teve uma ideia meio vaga de que eles deviam ser recolhidos de imediato e colocados de volta no cercado dos jurados, senão morreriam.

— O julgamento não pode continuar — disse o Rei com voz muito séria — enquanto os jurados não estiverem de volta aos seus lugares... *todos* — repetiu ele com grande ênfase, olhando intensamente para Alice enquanto falava.

Alice olhou para o cercado dos jurados e viu que, na pressa, tinha colocado o Lagarto de cabeça para baixo, e o pobrezinho estava balançando a cauda de um jeito melancólico, sem conseguir se mexer. Ela logo o tirou de lá e o colocou na posição certa; *não que signifique muito*, disse ela para si mesma; *eu acharia que a utilidade dele seria* a mesma *em qualquer uma das duas posições.*

Assim que o júri tinha se recuperado um pouco do choque de ter sido deslocado, e suas lousas e lápis tinham sido encontrados e devolvidos, eles começaram a trabalhar muito diligentemente para escrever uma história do acidente, todos, menos o Lagarto, que pareceu atordoado demais para fazer qualquer coisa além de ficar sentado de boca aberta, olhando para o teto do tribunal.

— O que você sabe sobre essa situação? — perguntou o Rei para Alice.

— Nada — disse Alice.

— Nada *nadinha*? — insistiu o Rei.

— Nada nadinha — disse Alice.

— Isso é muito importante — disse o Rei, virando-se para o júri. Eles estavam começando a escrever isso nas próprias lousas quando o Coelho Branco os interrompeu:

— *Des*importante, Vossa Majestade quis dizer, claro — disse ele em tom muito respeitoso, mas franzindo a testa e fazendo caretas para ele enquanto falava.

— *Des*importante, claro, eu quis dizer — disse o Rei apressadamente, e continuou falando para si mesmo em tom baixo: — Importante... desimportante... importante... desimportante... — Como se ele estivesse tentando ver qual palavra soava melhor.

Uma parte dos jurados escreveu "importante" e outra parte escreveu "desimportante". Alice viu isso, pois estava perto o suficiente para ver as lousas; *mas não importa nem um pouco*, pensou ela.

Nesse momento, o Rei, que ficou por um tempo ocupado escrevendo no caderno, gritou "Silêncio!" e leu o que estava escrito nele:

— Regra quarenta e dois: *Todas as pessoas com mais de um 1,5 quilômetro de altura devem sair do tribunal.*

Todo mundo olhou para Alice.

— *Eu não* tenho mais de 1,5 quilômetro — disse Alice.

— Tem, sim — disse o Rei.

— Quase três — acrescentou a Rainha.

— Bom, eu não vou, de qualquer modo — disse Alice. — Além do mais, isso não é uma regra regular. Você inventou agora.

— É a regra mais antiga do livro — disse o Rei.

— Então deveria ser a número um — disse Alice.

O Rei ficou pálido e fechou o caderno rapidamente.

— Considerem seu veredito — disse ele para o júri com voz baixa e trêmula.

— Ainda há mais depoimentos a serem dados, Vossa Majestade, por favor — disse o Coelho Branco, pulando em grande pressa. — Este papel acabou de ser coletado.

— O que tem nele? — perguntou a Rainha.

— Eu ainda não abri — disse o Coelho Branco —, mas parece ser uma carta, escrita pelo prisioneiro para... para alguém.

— Deve ter sido isso — disse o Rei —, a não ser que tenha sido escrita para ninguém, o que não é comum, você sabe.

— A quem é dirigida? — perguntou um dos jurados.

— Não é dirigida — disse o Coelho Branco. — Na verdade, não tem nada escrito *do lado de fora*. — Ele abriu o papel enquanto falava e acrescentou: — Não é uma carta, no fim das contas. É um conjunto de versos.

— Estão na caligrafia do prisioneiro? — perguntou outro dos jurados.

— Não estão, não — disse o Coelho Branco —, e isso é a coisa mais esquisita de todas. — (Todo o júri pareceu intrigado.)

— Ele deve ter imitado a letra de alguém — disse o Rei. (Todo o júri se animou de novo.)

— Por favor, Vossa Majestade — disse o Valete. — Eu não escrevi e não podem provar que fui eu. Não tem nome assinado no final.

— Se você não assinou — disse o Rei —, isso só torna as coisas piores. Você *devia* estar com alguma má intenção, senão teria assinado seu nome, como um homem honesto.

Houve aplausos generalizados depois disso. Foi a primeira coisa realmente inteligente que o Rei tinha dito naquele dia.

— Isso *prova* a culpa dele — disse a Rainha.

— Não prova nada do tipo! — disse Alice. — Ora, vocês nem sabem do que se trata!

— Leia — disse o Rei.

O Coelho Branco colocou os óculos.

— Por onde devo começar, Vossa Majestade? — perguntou ele.

— Comece do começo — disse o Rei seriamente — e continue até ter chegado ao fim. Aí, pare.

Estes foram os versos que o Coelho Branco leu:

"Disseram que com ela você falou,
E para ele fez questão de me mencionar:

Ela só me elogiou,
Mas disse que eu não sabia nadar.

Ele avisou que eu não tinha ido
(Nós sabemos que é real):
Se no assunto tivéssemos insistido,
O que teria sido de você, afinal?

Eu dei um a ela, a ele deram dois,
Você nos deu três ou mais;
Devolveram dele para você depois,
Apesar de terem sido meus lá atrás.

Se eu ou ela arriscássemos estar
Envolvidos nessa situação,
Ele conta com você para o soltar,
Exatamente como de antemão.

Minha ideia era que você tinha sido
(Antes do ataque de cólera dela)
Um obstáculo que foi inserido
Entre ele, nós e a coisa, aquela.

Não conte para ele que deles ela gostava mais,
Pois isso precisa para sempre ser
Um segredo, escondido dos demais
Entre mim e você."

— Esse foi o depoimento mais importante que já ouvimos — disse o Rei, esfregando as mãos. — Agora, que o júri...

— Se algum deles conseguir explicar — disse Alice (ela tinha ficado tão grande nos minutos anteriores que não sentiu o menor medo de interrompê-los) —, eu dou seis centavos. *Eu* não acredito que haja significado nenhum nisso.

Os jurados todos anotaram nas lousas: "*Ela* não acredita que haja significado nenhum nisso", mas nenhum deles tentou explicar o poema.

— Se não tem sentido nisso — disse o Rei —, isso nos poupa de um mundo de problemas, pois não precisamos encontrá-lo. Mas não sei — continuou ele, abrindo os versos no joelho e olhando para eles com um olho. — Acho que vejo um certo sentido neles, afinal. "*Disse que eu não sabia nadar.*" Você não sabe nadar, sabe? — acrescentou ele, virando-se para o Valete.

O Valete balançou a cabeça com tristeza.

— Eu pareço saber? — disse ele. (E certamente *não* parecia, por ser feito todo de papelão.)

— Tudo bem até agora — disse o Rei, e continuou, murmurando os versos para si mesmo. — "*Nós sabemos que é real*", isso é o júri, claro. "*Eu dei um a ela, a ele deram dois*", ora, isso deve ser o que ele fez com as tortinhas, sabe...

— Mas depois diz "*Devolveram dele para você depois*" — observou Alice.

— Ora, ali estão elas! — disse o Rei com triunfo, apontando para as tortinhas na mesa. — Nada pode ser mais claro do que *isso*. Por outro lado, "*Antes do ataque de cólera dela*"... Você nunca teve ataque de cólera, minha querida, não é? — disse ele para a Rainha.

— Nunca! — disse a Rainha furiosamente, jogando um tinteiro no Lagarto enquanto falava. (O infeliz pequeno Bill tinha parado de escrever na lousa com o dedo, pois viu que não deixava marcas; mas agora começou rapidamente de novo, usando a tinta que estava escorrendo por seu rosto, enquanto durasse.)

— Então as palavras não *atacam* você — disse o Rei, olhando ao redor com um sorriso.

O silêncio foi sepulcral.

— É um trocadilho! — acrescentou o Rei com tom ofendido, e todo mundo riu. — Que o júri considere o veredito — disse o Rei, mais ou menos pela vigésima vez naquele dia.

— Não, não! — disse a Rainha. — A sentença primeiro, o veredito depois.

— Quanta baboseira! — disse Alice bem alto. — A ideia de dar a sentença primeiro!

— Cale essa boca! — disse a Rainha, ficando roxa.

— Não calo! — disse Alice.

— Cortem a cabeça dela! — gritou a Rainha a plenos pulmões. Ninguém se mexeu.

— Quem liga para vocês? — disse Alice (ela tinha recuperado o tamanho total desta vez). — Vocês não passam de um baralho de cartas!

Nessa hora, todo o baralho subiu no ar e caiu voando em cima dela. Ela deu um gritinho, meio de medo e meio de raiva, e tentou bater as mãos para se livrar das cartas, e se viu deitada na margem do rio, com a cabeça no colo da irmã, que estava afastando gentilmente algumas folhas mortas que tinham caído da árvore no rosto dela.

— Acorde, querida Alice! — disse sua irmã. — Ora, que sono comprido você teve!

— Ah, eu tive um sonho tão curioso! — disse Alice, e contou para a irmã tão bem quanto conseguiu lembrar sobre todas as estranhas aventuras dela sobre as quais você acabou de ler; e quando ela terminou, sua irmã a beijou e disse:

— Foi *mesmo* um sonho curioso, querida, certamente. Mas agora, corra para tomar o chá. Está ficando tarde.

Alice se levantou e saiu correndo, pensando enquanto corria, da melhor forma que pôde, como aquele sonho tinha sido maravilhoso.

*   *   *   *   *   *
    *   *   *   *   *
*   *   *   *   *   *

Mas sua irmã ficou imóvel quando ela a deixou, a cabeça apoiada na mão, vendo o sol se pôr e pensando na pequena Alice e em todas as suas aventuras maravilhosas, até que ela também começou a sonhar, de certa forma, e o sonho dela foi o seguinte:

Primeiro, ela sonhou com a própria Alice, e novamente as mãozinhas estavam unidas sobre o joelho e os olhos brilhantes e ávidos estavam encarando os dela; ela conseguia ouvir até os tons da voz dela e ver aquele movimento engraçado da cabeça para afastar o cabelo que *sempre* caía nos olhos. E enquanto ela ouvia, ou parecia ouvir, o lugar todo em volta delas ficou vivo com as criaturas estranhas do sonho de sua irmãzinha.

A grama alta se moveu aos pés dela quando o Coelho Branco passou correndo, às pressas, o Rato assustado passando e espirrando água pela poça próxima. Ela ouviu o barulho das xícaras quando a Lebre de Março e os amigos faziam a refeição infinita, e a voz aguda da Rainha mandando que os infelizes convidados fossem executados. Novamente, o bebê-porco estava espirrando no joelho da Duquesa, enquanto pratos e travessas voavam em volta. Novamente, o berro do Grifo, o ruído do lápis do Lagarto na lousa e o engasgo dos porquinhos-da-índia reprimidos encheram o ar, misturados com os soluços distantes da infeliz Tartaruga Falsa.

Ela ficou sentada de olhos fechados e meio que acreditou estar no País das Maravilhas, embora soubesse que bastava abri-los e tudo mudaria para a tediosa realidade:

a grama só estaria se agitando com o vento e a poça ondulando com o movimento dos juncos, as xícaras batendo mudariam para sinos das ovelhas tilintando e os gritos agudos da Rainha para a voz dos pastores, e o espirro do bebê, o berro do Grifo e todos os outros barulhos estranhos mudariam (ela sabia) para o clamor confuso da fazenda agitada... enquanto o mugido do gado ao longe tomaria o lugar dos soluços pesados da Tartaruga Falsa.

Por fim, ela imaginou como essa mesma irmãzinha dela seria, depois de um tempo, uma mulher adulta; e como ela manteria, por seus anos maduros, o coração simples e amoroso da infância; e que ela reuniria ao seu redor outras criancinhas e faria os olhos *delas* brilharem com muitas histórias estranhas e ansiarem por elas, talvez até com o sonho do País das Maravilhas de muito tempo antes. E o que ela sentiria com todos os sofrimentos simples deles, e como encontraria prazer em todas as simples alegrias, lembrando-se da própria infância e dos dias felizes de verão.

Através
do Espelho

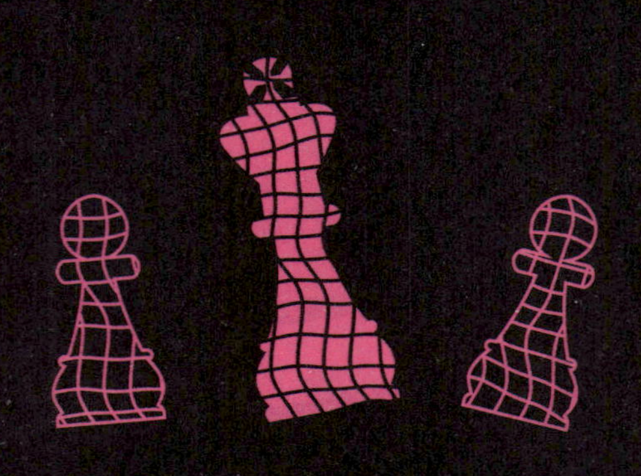

A vida, o que é, senão um sonho?

[1871]

ALICE ATRAVÉS DO ESPELHO

Lewis Carroll

Alice Através do Espelho

Dum
Dee

PERSONAGENS

(Como arrumados antes do começo do jogo)

BRANCAS		**VERMELHAS**	
PEÇAS	PEÕES	PEÇAS	PEÕES
Tweedledee	Margarida	Humpty Dumpty	Margarida
Unicórnio	Haigha	Carpinteiro	Mensageiro
Ovelha	Ostra	Morsa	Ostra
Rainha Branca	"Lily"	Rainha Vermelha	Lírio-tigre
Rei Branco	Gamo	Rei Vermelho	Rosa
Homem Velho	Ostra	Corvo	Ostra
Cavalo Branco	Hatta	Cavalo Vermelho	Sapo
Tweedledum	Margarida	Leão	Margarida

PEÃO BRANCO (ALICE)

a jogar e vencer em onze jogadas

1.	Alice encontra a Rainha Vermelha	1.	RV para TR4
2.	Alice pela 3ª casa da Rainha (*pela ferrovia*) para a 4ª casa (*Tweedledum e Tweedledee*)	2.	RB para BD4 (*atrás do xale*)

3.	Alice encontra a Rainha Branca (*com o xale*)	3.	RB para BD5 (*vira ovelha*)
4.	Alice para a 5ª casa da Rainha (*loja, rio, loja*)	4.	RB para BR8 (*deixa ovo na prateleira*)
5.	Alice para a 6ª casa da Rainha (*Humpty Dumpty*)	5.	RB para BD8 (*fugindo do Cavalo Vermelho*)
6.	Alice para a 7ª casa da Rainha (*floresta*)	6.	CV para R2 (xeque)
7.	Cavalo Branco captura Cavalo Vermelho	7.	CB para BR5
8.	Alice para a 8ª casa da Rainha (*coroação*)	8.	RV para casa do Rei (*exame*)
9.	Alice se torna Rainha	9.	Castelo da Rainha
10.	Castelo da Alice (*banquete*)	10.	RB para TD6 (*sopa*)
11.	Alice captura a Rainha Vermelha e vence		

VERMELHAS

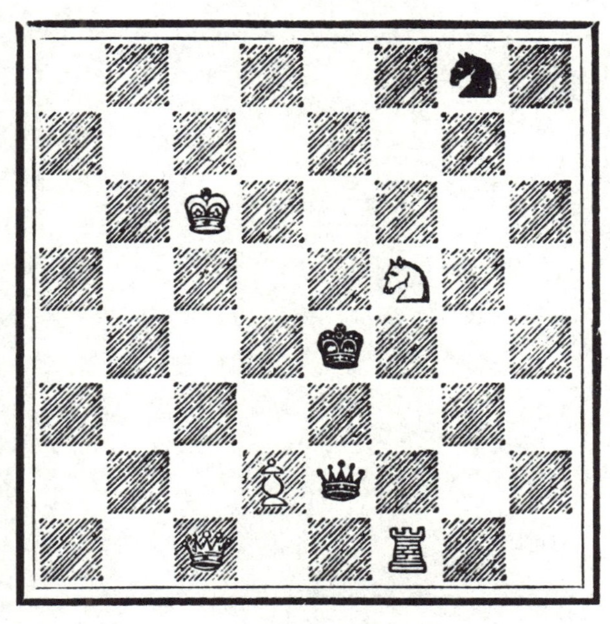

BRANCAS

Criança da fronte pura e desanuviada
E olhos sonhadores de espanto!
O tempo é fugidio, e por isso afastada
Por meia vida estás de mim, conquanto,
Teu sorriso amoroso e tuas risadas
Trarão a dádiva amorosa de um conto de fadas.

Não tenho visto teu rosto reluzente,
Nem ouvido tua risada ressonante;
Pensar em mim não será urgente
Na tua jovem vida daqui em diante...
Tanto que agora te sentirás tentada
A ouvir meu conto de fadas.

Uma história iniciada em tempo passado,
Com sóis de verão a brilhar...
Um único badalo para deixar marcado
O ritmo do remo a remar...
Cujos ecos ainda vivem na memória,
Embora invejosos anos diriam "é história".

Venha, escute, então, antes que a voz do medo
Com notícia triste e singela
Convoque para um desagradável leito
Uma melancólica donzela!
Não passamos de crianças mais velhas, meu bem,
Nervosas porque a hora de dormir já vem.

Lá fora, a geada, a neve ofuscante
A loucura temperamental do vento…
Aqui dentro, o brilho do fogo aconchegante,
E um ninho infantil de alegria e alento.
As palavras mágicas como um abraço serão:
Não darás atenção à delirante explosão.

E embora a sombra de um suspirar
Possa tremer ao longo da história,
Por "dias felizes de verão" lamentar
E do verão a desaparecida glória…
Não afetará com intenções malvadas
O prazer do nosso conto de fadas.

CASA DO ESPELHO

Uma coisa era certa, que o gatinho *branco* não tivera nada a ver com aquilo; era tudo culpa do gatinho preto. Pois o rosto do gatinho branco estava sendo lavado pela gata mais velha pelos últimos quinze minutos (e aguentando bem, levando tudo em consideração); então você vê que ele *não poderia* ter tido nenhuma participação na traquinagem.

O jeito como Dinah lavava o rosto das crias era assim: primeiro, ela segurava a pobre coisinha pela orelha com uma pata, e com a outra esfregava a carinha toda, do jeito errado, começando pelo nariz; e agora, quando falei, ela estava se dedicando bastante ao gatinho branco, que estava deitado, bem imóvel, tentando ronronar... sem dúvida sentindo que tudo aquilo era para o bem dele.

Mas o gatinho preto fora lavado um pouco antes naquela tarde e, por isso, enquanto Alice estava sentada encolhida em um canto da grande poltrona, meio falando sozinha e meio dormindo, o gatinho estava brincando à beça com o novelo de lã que Alice tinha tentado enrolar, e o rolava para lá e para cá até que estivesse todo desenrolado de novo; e ali estava, espalhado pelo tapete, todo emaranhado e cheio de nós, com o gatinho correndo atrás da própria cauda no meio.

— Ah, sua coisinha levada! — exclamou Alice, pegando o gatinho e dando um beijinho nele para que entendesse que estava em desgraça. — De verdade, Dinah devia ter ensinado boas maneiras a você! *Devia*, Dinah, você sabe que sim! — acrescentou ela, olhando com reprovação para a gata velha e falando com a voz mais irritada que conseguiu fazer... e aí subiu na poltrona novamente, levando o gatinho e a lã junto, e começou a enrolar tudo de novo.

Mas ela não progrediu muito rápido, pois ficava falando o tempo todo, às vezes com o gatinho e às vezes sozinha. O gatinho ficou sentado com recato no joelho dela, fingindo observar o progresso com a lã, e de vez em quando esticando uma pata e tocando de leve na bola, como se estivesse feliz em ajudar, se pudesse.

— Você sabe que dia é amanhã, Gatinho? — perguntou Alice. — Você teria adivinhado se estivesse na janela comigo. Só que Dinah estava te deixando limpinho, então você não pôde. Eu estava vendo os meninos pegarem gravetos para a fogueira... e foram muitos gravetos, Gatinho! Só que ficou muito frio e nevou muito, e eles tiveram que ir embora. Mas não importa, Gatinho, vamos ver a fogueira amanhã.

Aqui, Alice enrolou a lã duas ou três vezes em volta do pescoço do gatinho, só para ver como ficaria: isso levou a uma disputa, que fez a bola rolar para o chão, e metros e metros se desenrolaram de novo.

— Sabe, eu fiquei tão zangada, Gatinho — prosseguiu Alice assim que eles estavam sentados com conforto de novo —, quando vi a travessura que você estava fazendo, que quase abri a janela e te botei na neve! E você teria merecido, sua belezinha levada! O que você tem para dizer em sua defesa? Não me interrompa! — disse ela, erguendo um dedo. — Vou citar todas as coisas que você aprontou. Número um: você chiou duas vezes quando Dinah estava lavando seu rosto hoje de manhã. Você não pode negar, Gatinho. Eu ouvi! O que você falou? — (Fingindo que o gatinho estava falando.) — A pata dela entrou no seu olho? Bom, é *sua* culpa por ficar de olhos abertos; se você tivesse fechado bem, isso não teria acontecido. Não invente mais desculpas, só escute! Número dois: você puxou Floco de Neve pelo rabo quando eu tinha acabado de colocar o pratinho de leite na frente dela! Estava com sede, é? Como você sabe que ela também não estava com sede? Agora, a número três: você desenrolou toda a lã quando eu não estava olhando!

"São três coisas, Gatinho, e você ainda não foi punido por nenhuma delas. Você sabe que estou guardando todas as suas punições para daqui a uma semana depois da quarta-feira... Imagina se tivessem guardado todas as *minhas* punições!", continuou ela, falando mais sozinha do que com o gatinho. "O que eles *fariam* depois de um ano? Eu seria enviada para a prisão, acho, quando o dia chegasse. Ou, vejamos, vamos supor que cada punição fosse ficar sem jantar: aí, quando o dia infeliz chegasse, eu teria que ficar sem cinquenta jantares de uma vez! Bom, eu não me importaria *tanto* com isso! Eu preferiria ficar sem comê-los!

"Está ouvindo a neve nas vidraças, Gatinho? Como é gostosa e delicada! Como se alguém estivesse beijando a janela toda lá fora. Fico pensando, será que a neve *ama*

as árvores e os campos a ponto de beijá-los com tanta delicadeza? E aí, ela os cobre direitinho, sabe, com uma manta branca; e talvez diga 'Durmam, amores, até o verão voltar de novo'. E quando acordam no verão, Gatinho, eles se vestem de verde e dançam sempre que o vento sopra... ah, que lindo!", exclamou Alice, largando a bola de lã para bater palmas. "E eu *queria* tanto que fosse verdade! Sei que o bosque parece sonolento no outono, quando as folhas estão ficando marrons.

"Gatinho, você sabe jogar xadrez? Não sorria, meu amor, estou falando sério. Porque, quando estávamos jogando, agorinha, você ficou olhando como se entendesse; e quando eu falei 'Xeque!', você ronronou! Bom, *foi* um bom xeque, Gatinho, e eu poderia mesmo ter vencido se não fosse aquele Cavalo horrível que veio se remexendo entre as minhas peças. Gatinho, querido, vamos fazer de conta..."

E aqui eu queria poder contar metade das coisas que Alice dizia, começando com a frase favorita dela: "Vamos fazer de conta". Ela tivera uma longa discussão com a irmã um dia antes, só porque Alice tinha começado com "Vamos fazer de conta que somos reis e rainhas", e a irmã, que gostava de ser bem precisa, tinha argumentado que não podiam, porque elas eram só duas, e Alice fora obrigada a dizer, por fim: "Bom, *você* pode ser um e *eu* vou ser o resto". E uma vez ela tinha assustado muito a babá gritando de repente no ouvido dela: "Babá! Vamos fazer de conta que eu sou uma hiena faminta e você é um osso".

Mas isso está nos levando para longe do discurso da Alice com o gatinho.

— Vamos fazer de conta que você é a Rainha Vermelha, Gatinho! Sabe, acho que, se você se sentasse e cruzasse os braços, ficaria igualzinho a ela. Vamos tentar, isso mesmo!

E Alice tirou a Rainha Vermelha da mesa e a colocou na frente do gatinho como um modelo para ele imitar.

Entretanto, a coisa não deu certo, e o motivo principal, disse Alice, foi porque o gatinho não quis cruzar os braços direito. Então, para puni-lo, ela o ergueu até o Espelho, para que ele pudesse ver como estava carrancudo.

— ... e se você não for bonzinho logo — acrescentou ela —, vou te botar na Casa do Espelho. O que você acharia *disso*?

"Se prestar atenção, Gatinho, e não falar tanto, vou te contar todas as minhas ideias sobre a Casa do Espelho. Primeiro, tem a sala que dá para ver pelo vidro; é igual à nossa sala de estar, só que as coisas estão ao contrário. Consigo ver tudinho quando subo em uma cadeira... tudo, menos a parte atrás da lareira. Ah! Eu queria tanto ver *essa* parte! Quero tanto saber se tem fogo no inverno. Nunca *dá* para saber, a não ser que o nosso fogo solte fumaça, e aí a fumaça aparece naquela sala também... Mas isso pode ser faz de conta, só para fazer parecer que tem fogo lá. Bom, os livros são meio parecidos com os nossos, mas as palavras estão ao contrário; sei disso porque levei um dos nossos livros para perto do espelho e levaram um na outra sala.

"Você gostaria de morar na Casa do Espelho, Gatinho? Será que te dariam leite lá? Talvez o leite do Espelho não seja bom para beber... Mas, ah, Gatinho! Agora nós chegamos à passagem. Você consegue ver só um *pedacinho* da passagem na Casa do Espelho se deixar a porta da nossa sala bem aberta. E é bem parecida com a nossa passagem até onde dá para ver, só que você sabe que pode ser bem diferente depois. Ah, Gatinho! Como seria bom se pudéssemos passar para a Casa do Espelho! Sei que tem tantas coisas bonitas nela! Vamos fazer de conta que tem um jeito de entrar nela, Gatinho. Vamos fazer de conta que o vidro virou uma espécie de véu, para podermos atravessar. Ora, está virando uma espécie de névoa agora, é o que eu digo! Vai ser bem fácil passar..."

Ela estava em cima da chaminé quando falou isso, embora não soubesse bem como tinha ido parar lá. E de fato o vidro *estava* começando a derreter, como uma névoa prateada brilhosa.

Em outro momento, Alice tinha passado pelo vidro e pulado com leveza para a sala do Espelho. A primeira coisa que fez foi conferir se havia fogo na lareira, e ficou bem satisfeita de ver que havia um de verdade, ardendo com tanta intensidade quanto o que havia deixado para trás. *Então ficarei aquecida aqui, como na outra sala*, pensou Alice. *Mais aquecida, na verdade, porque não vai haver ninguém aqui para me dar bronca e mandar ficar longe do fogo. Ah, como vai ser divertido quando me virem pelo vidro aqui e não puderem me pegar!*

Ela começou a olhar em volta e reparou que o que podia ser visto da sala antiga era bem comum e desinteressante, mas que todo o resto era o mais diferente possível. Por exemplo, os quadros na parede ao lado do fogo pareciam estar todos vivos, e até o relógio da chaminé (só dá para ver a parte de trás pelo Espelho) tinha o rosto de um homenzinho velho, e ele sorriu para ela.

Não deixam esta sala tão arrumada quanto a outra, pensou Alice com seus botões ao reparar em várias das peças de xadrez na lareira em meio às cinzas. Mas, em outro momento, com um pequeno "Oh!" de surpresa, ela estava de quatro, admirando-as. As peças estavam andando de par em par!

— Aqui estão o Rei Vermelho e a Rainha Vermelha — disse Alice (em um sussurro, com medo de assustá-los) — e ali o Rei Branco e a Rainha Branca, sentados na borda da pá, e aqui estão duas torres andando de braços dados. Acho que não conseguem me ouvir — prosseguiu ela ao aproximar a cabeça — e tenho quase certeza de que não conseguem me ver. Sinto como se fosse invisível...

Então, algo começou a guinchar na mesa atrás de Alice, o que a fez virar a cabeça bem a tempo de ver um dos Peões

Brancos rolar e começar a espernear; ela observou com grande curiosidade para ver o que aconteceria em seguida.

— É a voz da minha filha! — gritou a Rainha Branca ao passar correndo pelo Rei, com tanta violência que o derrubou em meio às cinzas. — Minha preciosa Lily! A gatinha imperial! — E começou a subir desenfreada pela lateral da grade.

— Disparate imperial! — retrucou o Rei, esfregando o nariz, que fora machucado na queda. Ele tinha o direito de estar *um pouco* irritado com a Rainha, pois estava coberto de cinzas da cabeça aos pés.

Alice estava muito ansiosa para ser útil e, quando a pobre Lily estava quase tendo um ataque de tanto gritar, pegou depressa a Rainha e a colocou na mesa, bem ao lado da filhinha barulhenta.

A Rainha arfou e se sentou: a viagem veloz pelo ar tinha tirado o fôlego dela e, por um ou dois minutos, não conseguiu fazer nada além de abraçar a pequena Lily em silêncio. Assim que recuperou um pouco o fôlego, gritou para o Rei Branco, que estava sentado emburrado entre as cinzas:

— Cuidado com o vulcão!

— Que vulcão? — perguntou o Rei, olhando com ansiedade para o fogo, como se achasse que aquele era o local mais provável para encontrar um vulcão.

— Soprou-me... longe — respondeu a Rainha, arfando, pois ainda estava meio sem ar. — Cuidado quando você subir... pelo caminho de costume... para não ser soprado!

Alice viu o Rei Branco se esforçar de grade em grade, devagar e sempre, até que, por fim, ela disse:

— Ora, você vai levar horas para chegar à mesa nesse ritmo. É melhor eu te ajudar, não é?

Mas o Rei não deu atenção à pergunta: ficou claro que ele não conseguia ouvi-la nem vê-la.

Alice o pegou com muita delicadeza e o ergueu bem mais devagar do que tinha feito com a Rainha, para não tirar o fôlego dele; contudo, antes que o colocasse na mesa, pensou em limpá-lo um pouco, de tão coberto de cinzas que ele estava.

Mais tarde, ela contou que nunca tinha visto na vida uma careta como a que o Rei fez quando se viu segurado no ar por uma mão invisível, sendo limpo. Ele ficou atônito demais para gritar, mas os olhos e a boca dele foram ficando maiores e maiores, mais e mais redondos, até que a mão dela tremeu tanto com as risadas que quase o deixou cair no chão.

— Ah! *Por favor*, pare de fazer essas caretas, meu bem! — exclamou Alice, esquecendo que o Rei não a ouvia. — Você me faz rir tanto que nem consigo te segurar direito! E não fique com a boca tão aberta! Todas as cinzas vão entrar nela... Pronto, agora acho que você está bem limpinho! — acrescentou enquanto ajeitava o cabelo dele e o colocava na mesa perto da Rainha.

O Rei na mesma hora caiu duro de costas e ficou perfeitamente imóvel; e Alice ficou um pouco alarmada com o que tinha feito e andou pela sala vendo se conseguia encontrar água para jogar nele. No entanto, só encontrou um frasco de tinta e, quando voltou com ele, viu que o Rei tinha se recuperado, e ele e a Rainha estavam conversando em um sussurro assustado... tão baixo que Alice mal conseguia ouvir o que falavam.

O Rei dizia:

— Eu te garanto, minha querida, fiquei gelado até as pontas dos bigodes!

Ao que a Rainha respondeu:

— Você não tem bigodes!

— O horror daquele momento — prosseguiu o Rei —, eu nunca, *nunca* esquecerei!

— Mas esquecerá — replicou a Rainha — se não fizer um memorando sobre isso.

Alice olhou com grande interesse quando o Rei pegou um livro enorme de memorandos no bolso e começou a escrever. Um pensamento súbito lhe ocorreu, e ela segurou a ponta do lápis, que ia até o ombro dele, e começou a escrever em seu lugar.

O pobre Rei pareceu intrigado e infeliz, e lutou com o lápis por um tempo sem dizer nada; mas Alice era forte demais para ele, e o Rei acabou dizendo, ofegante:

— Minha querida! Eu preciso *mesmo* arrumar um lápis mais fino. Não consigo controlar este aqui nem um pouco; ele escreve toda espécie de coisas que não pretendo…

— Que espécie de coisas? — perguntou a Rainha, olhando por cima do livro (no qual Alice tinha escrito *"O Rei Branco está deslizando pelo atiçador. Ele se equilibra muito mal"*). — Isso não é um memorando dos *seus* sentimentos!

Havia um livro caído perto de Alice na mesa e, enquanto observava o Rei Branco (pois ainda estava um pouco ansiosa por ele e mantinha a tinta a postos, a fim de jogar nele caso desmaiasse de novo), ela virou as páginas até encontrar uma parte que não conseguia ler, *pois está em um idioma que desconheço*, disse para si mesma.

Era mais ou menos assim:

JAGUADARTE

Era grepúsculo, e os agicosos telagrolhas
Rodogiravam e verfuravam no gigalado;
Bem miserágeis estavam os borogovos,
E os verdos forada chilbradavam.

Ela quebrou a cabeça por um tempo, mas enfim um pensamento brilhante lhe ocorreu. *Ora, é um livro do espelho, lógico! E se eu segurá-lo na frente de um espelho, as palavras vão ficar na direção certa de novo.*

Foi este o poema que Alice leu:

JAGUADARTE

Era grepúsculo, e os agicosos telagrolhas
Rodogiravam e verfuravam no gigalado;
Bem miserágeis estavam os borogovos,
E os verdos forada chilbradavam.

"Cuidado com o Jaguadarte, meu filho!
A bocarra que morde, a garra que agarra!
Cuidado com a ave Juju e evite
O fumioso Bandersnatch!"

Ele pegou a espada mortante na mão:
Por muito tempo, o inimigo temeril ele procurou...
E descansou ao lado da árvore Tumtum,
E em pensamentos mergulhou.

Enquanto em pensamento irrigitado estava,
O Jaguadarte, com olhos a chamejar
Veio arfando pelo bosque densombrio,
E trimurou ao chegar!

Um, dois! Um, dois! E sem parar
A lâmina mortante fez facaqui-facolá!
Ele o deixou morto, e com a cabeça
Voltou para casa galofante.

"Então mataste o Jaguadarte?
Venha para meus braços, garoto sorriante!
Ó dia felibuloso! Vi! Vivi! Viva!
Ele grunriu exultante.

Era grepúsculo, e os agicosos telagrolhas
Rodogiravam e verfuravam no gigalado
Bem miserágeis estavam os borogovos,
E os verdos ditação chilbradavam.

— É bem bonito — disse ela quando terminou —, mas é *bem* difícil de entender! — (Ela não quis confessar, nem para si mesma, que não conseguiu entender nada.) — De alguma forma, parece encher minha cabeça de ideias... Só que não sei bem quais são! Entretanto, *alguém* matou *alguma coisa*: isso está claro, pelo menos...

Mas, ah!, pensou Alice, de repente dando um salto, *se eu não me apressar, vou ter que voltar pelo Espelho antes de ter visto como é o resto da casa! Vamos dar uma olhada no jardim primeiro!*

Ela estava fora da sala em um instante e correu escada abaixo... ou, pelo menos, não foi bem correr, mas uma nova invenção dela para descer a escada rápido e com facilidade, como Alice disse para si mesma. Ela manteve as pontas dos dedos no corrimão e flutuou com delicadeza, sem nem tocar com os pés nos degraus; e flutuou pelo corredor, e teria saído direto pela porta do mesmo jeito se não tivesse se segurado no batente da porta. Estava ficando meio tonta de tanto flutuar no ar e ficou bem feliz de se ver andando de novo do jeito natural.

O JARDIM DE FLORES VIVAS

Eu devo conseguir ver o jardim bem melhor, disse Alice para si mesma, *se puder subir no alto daquela colina; e aqui tem um caminho que vai direto até lá... ao menos, não, não vai direto...* (depois de andar alguns metros pelo caminho e fazer várias curvas fechadas), *mas acho que vai, por fim. Mas que curvas curiosas! Parece mais um saca-rolha do que uma trilha! Bom,* essa *curva vai para a colina, acho... não, não vai! Volta direto para a casa! Bom, então vou tentar o outro caminho.*

E assim ela fez: subiu e desceu e experimentou cada virada, mas sempre voltava para a casa, o que quer que fizesse. De fato, uma vez, quando fez uma curva com mais rapidez do que o habitual, deu de cara com ela antes de conseguir parar.

— Não adianta falar sobre isso — disse Alice, olhando para a casa e fazendo de conta que estava discutindo com ela. — Eu ainda *não* vou entrar de novo. Sei que vou ter que passar pelo Espelho de novo, voltar para a sala antiga, e que aí todas as minhas aventuras chegariam ao fim!

Assim, dando as costas para a casa com determinação, tomou a trilha de novo, decidida a seguir em frente até chegar à colina. Por alguns minutos, tudo correu bem e ela estava dizendo "Acho mesmo que *vou* conseguir desta vez..." quando o caminho fez uma curva súbita e se sacudiu (como ela descreveu depois), e, no momento seguinte, ela se viu entrando pela porta.

— Ah, que pena! — exclamou ela. — Nunca vi uma casa ficar atrapalhando assim! Nunca!

Entretanto, ali estava a colina, plenamente visível, e não havia nada a ser feito além de recomeçar. Dessa vez, ela deu de cara com um canteiro de flores grandes, com margaridas no contorno e um salgueiro crescendo no meio.

— Ó, Lírio-tigre — disse ela, dirigindo-se a uma flor que estava balançando de maneira graciosa no vento —, bem que eu *queria* que você falasse!

— Nós *falamos* — respondeu o Lírio-tigre — quando tem alguém com quem valha a pena conversar.

Alice ficou tão atônita que não conseguiu falar por um minuto; aquilo pareceu tirar o ar dela. Com o tempo, como o Lírio-tigre só continuou balançando, ela falou de novo, com voz tímida, quase um sussurro:

— E *todas* as flores falam?

— Tanto quanto *você* — retrucou o Lírio-tigre. — E bem mais alto.

— Não é de bom tom para nós começarmos, sabe — ressaltou a Rosa —, e eu queria mesmo saber quando você falaria! Disse a mim mesma: "O rosto dela tem *algum* bom senso, apesar de não ser inteligente!". Ainda assim, você tem a cor certa, e isso já é de grande ajuda.

— Eu não ligo para a cor — comentou o Lírio-tigre. — Se as pétalas dela se curvassem um pouco mais, ela seria passável.

Alice não gostava de ser criticada e começou a fazer perguntas.

— Vocês não têm medo às vezes de ficarem plantadas aqui, sem ninguém para cuidar de vocês?

— Tem a árvore no meio — respondeu a Rosa. — Para que mais ela serve?

— Mas o que ela poderia fazer em caso de perigo? — perguntou Alice.

— Ela diz: "Que galhofa!" — gritou uma Margarida. — É por isso que os ramos se chamam galhos!

— Você não sabia *disso*? — gritou outra Margarida, e aí todas começaram a berrar ao mesmo tempo, até o ar parecer cheio de vozinhas estridentes.

— Silêncio, todo mundo! — ordenou o Lírio-tigre, balançando-se com fervor de um lado para o outro e tremendo de empolgação. — Elas sabem que não posso ir até elas! — falou, ofegante, virando a cabeça trêmula na direção de Alice. — Do contrário não ousariam fazer isso!

— Não importa! — disse Alice em tom tranquilizador e, curvando-se para as margaridas, que estavam começando de novo, sussurrou: — Se vocês não segurarem a língua, eu vou colher vocês!

Fez-se silêncio em um instante, e várias das margaridas cor-de-rosa ficaram brancas.

— Isso mesmo! — reforçou o Lírio-tigre. — As margaridas são as piores. Quando uma fala, todas falam juntas, e é suficiente para qualquer um murchar só de ouvir a falação delas!

— Como é que vocês podem falar tão bem? — indagou Alice, torcendo para melhorar o humor da flor fazendo um elogio. — Já estive em muitos jardins, mas nenhuma das flores sabia falar.

— Coloque a mão no chão e sinta a terra — sugeriu o Lírio-tigre. — Você vai saber por quê.

Alice fez isso.

— É muito duro — disse ela —, mas não entendi o que tem a ver.

— Na maioria dos jardins — disse o Lírio-tigre —, fazem os canteiros macios demais, e as flores sempre ficam dormindo.

Esse pareceu um ótimo motivo, e Alice ficou bem satisfeita em saber.

— Eu nunca tinha pensado nisso! — exclamou ela.

— Na *minha* opinião, você *nunca* pensa — disse a Rosa em um tom um tanto severo.

— Nunca vi ninguém que parecesse tão burro — comentou uma Violeta, tão de repente que Alice deu um pulo, pois ela não tinha falado antes.

— Segura a *sua* língua! — exclamou o Lírio-tigre. — Como se *você* já tivesse visto alguém! Você fica com a cabeça debaixo das folhas e ronca lá até não saber o que está acontecendo no mundo, não mais do que sabia quando era um broto!

— Tem mais gente além de mim no jardim? — perguntou Alice, decidindo não dar atenção ao último comentário da Rosa.

— Tem uma outra flor no jardim que se move por aí como você — respondeu a Rosa. — Queria saber como vocês fazem isso... — ("Você está sempre querendo saber", disse o Lírio-tigre) —, mas ela é mais folhosa que você.

— Ela é como eu? — perguntou Alice empolgada, pois o pensamento surgiu na mente dela. — Tem outra garotinha em algum lugar aqui no jardim!

— Bom, ela tem a mesma forma esquisita que você — ponderou a Rosa —, mas é mais vermelha... e as pétalas dela são mais curtas, acho.

— As pétalas dela são estreitas, quase como uma dália — interrompeu o Lírio-tigre —, não espalhadas de qualquer jeito como as suas.

— Mas isso não é culpa *sua* — acrescentou a Rosa com gentileza. — Você está começando a murchar, sabe. E não dá para impedir que as pétalas fiquem meio desgrenhadas.

Alice não gostou nada dessa ideia. Para mudar de assunto, ela perguntou:

— Ela costuma vir aqui?

— Eu diria que você vai vê-la em breve — disse a Rosa. — Ela é do tipo espinhento.

— Onde ela tem os espinhos? — indagou Alice com certa curiosidade.

— Ora, em volta da cabeça, claro — respondeu a Rosa. — Eu estava pensando se *você* também não tinha. Achei que era a regra.

— Ela está vindo! — gritou o Delfino. — Estou ouvindo o passo dela, tum, tum, tum, no caminho de cascalho!

Alice olhou ao redor, ansiosa, e viu que era a Rainha Vermelha.

— Ela cresceu um montão! — Esse foi o primeiro comentário que ela fez.

E, de fato, tinha mesmo: quando Alice a encontrou nas cinzas, ela tinha só uns oito centímetros de altura, e ali estava ela, meia cabeça mais alta que a própria Alice!

— É o ar fresco — explicou a Rosa. — O ar daqui faz maravilhas.

— Acho que vou ali falar com ela — disse Alice, pois, apesar de as flores serem interessantes, achou que seria bem mais incrível ter uma conversa com uma Rainha de verdade.

— Você não pode fazer isso — advertiu a Rosa. — *Eu* aconselho que vá para o outro lado.

Isso pareceu besteira para Alice, e ela não disse nada e foi na mesma hora na direção da Rainha Vermelha. Para sua surpresa, ela a perdeu de vista num instante e viu-se entrando pela porta da frente de novo.

Um pouco abalada, recuou e, depois de procurar por toda parte a rainha (que ela tinha visto por fim, bem longe), pensou em tentar dessa vez o plano de andar na direção oposta.

Funcionou que foi uma beleza. Ela não andou nem por um minuto e viu-se cara a cara com a Rainha Vermelha, de frente para a colina que tanto havia tentado visitar antes.

— De onde você vem? — perguntou a Rainha. — E para onde vai? Olhe para a frente, fale com educação e não fique revirando os dedos o tempo todo.

Alice seguiu todas as instruções e explicou da melhor forma que pôde que tinha perdido seu caminho.

— Não sei o que quer dizer com *seu* caminho — retrucou a Rainha. — Todos os caminhos aqui pertencem a *mim*. Mas por que veio para cá? — acrescentou ela em tom mais gentil. — Faça uma reverência enquanto pensa no que dizer, poupa tempo.

Alice ficou um pouco curiosa com isso, mas estava admirada demais com a Rainha para desacreditar. *Vou tentar quando for para casa*, pensou ela, *na próxima vez que me atrasar um tantinho para o jantar.*

— Agora está na hora de responder — declarou a Rainha, olhando para o relógio. — Abra sua boca *um pouco* mais quando falar e sempre diga "Vossa Majestade".

— Eu só queria ver como era o jardim, Vossa Majestade...

— Assim mesmo — disse a Rainha, dando tapinhas na cabeça dela, uma coisa da qual Alice não gostou nadinha —, se bem que, quando você diz "jardim"... *eu* já vi jardins, e comparado a eles, isto aqui seria um matagal.

Alice não se atreveu a argumentar, apenas prosseguiu:

— ... e pensei em tentar chegar ao topo daquela colina...

— Quando você diz "colina" — interrompeu a Rainha —, *eu* poderia mostrar colinas, e comparada a elas você chamaria aquilo ali de vale.

— Não, eu não chamaria — retrucou Alice, surpresa por enfim contradizê-la. — Uma colina *não pode* ser um vale, sabe. Isso seria absurdo...

A Rainha Vermelha balançou a cabeça.

— Você pode chamar de "absurdo" se quiser — disse ela —, mas *eu* já ouvi absurdos, e comparado a eles isso seria tão sensato quanto um dicionário!

Alice fez outra reverência, pois, pelo tom da Rainha, estava com medo de ela estar *um pouco* ofendida; e elas andaram em silêncio até chegarem ao topo da pequena colina.

Por alguns minutos, Alice ficou parada, sem falar, olhando em todas as direções para o campo... e que campo curioso era. Havia vários riachos correndo por ele de um lado a outro, e o chão entre eles era dividido em quadrados por várias sebes verdes pequenininhas que iam de riacho a riacho.

— Eu digo que é marcado como se fosse um tabuleiro de xadrez gigante! — afirmou Alice por fim. — Devia haver homens se movendo em algum lugar... e há mesmo! — acrescentou ela em tom de prazer, e seu coração começou a bater mais rápido com empolgação quando prosseguiu:

— É um jogo de xadrez enorme que está sendo jogado... no mundo todo... se isso *for* o mundo, sabe. Ah, que divertido! Como eu *queria* ser um deles! Não me importaria de ser um Peão, se ao menos pudesse me juntar... se bem que é claro que eu *gostaria* de ser a Rainha, a melhor.

Ela olhou com timidez para a verdadeira Rainha ao falar isso, mas sua companheira só abriu um sorriso agradável e falou:

— Isso é fácil de resolver. Você pode ser o Peão da Rainha Branca se quiser, pois Lily é pequena demais para jogar; e você está na Segunda Casa no começo; quando chegar à Oitava Casa, você será Rainha... — Nesse momento, de alguma forma, elas começaram a correr.

Alice nunca conseguiu entender muito bem, ao pensar na situação mais tarde, como foi que elas começaram. Só lembra que estavam correndo de mãos dadas, e a Rainha ia tão rápido que ela mal conseguia acompanhar. E a Rainha ficava gritando “Mais rápido! Mais rápido!”, mas Alice achava que *não conseguiria* ir mais rápido, só que não tinha fôlego para dizer isso.

A parte mais curiosa de tudo foi que as árvores e as outras coisas ao redor nunca mudavam de lugar; por mais velozes que fossem, elas não pareciam passar por nada. *Será que todas as coisas se movem conosco?*, pensou a pobre e intrigada Alice. E a Rainha pareceu adivinhar os pensamentos dela, pois gritou:

— Mais rápido! Não tente falar!

Não que Alice tivesse qualquer intenção de fazer *isso*. Achava que nunca mais conseguiria falar, de tão sem fôlego que estava ficando; e mesmo assim a Rainha gritava “Mais rápido! Mais rápido!” e a arrastava junto.

— Estamos quase chegando? — Alice conseguiu perguntar por fim, ofegante.

— Quase chegando! — repetiu a Rainha. — Ora, já passamos dez minutos atrás! Mais rápido!

E elas correram por um tempo em silêncio, com o vento assobiando nos ouvidos de Alice e quase soprando o cabelo dela para fora da cabeça, imaginava.

— Agora! Agora! — gritou a Rainha. — Mais rápido! Mais rápido!

E correram tão rápido que no final pareciam cortar o ar, quase sem tocar o chão com os pés, até que de repente, quando Alice estava ficando bem exausta, pararam, e ela se viu sentada no chão, sem fôlego e tonta.

A Rainha a encostou em uma árvore e disse com gentileza:

— Pode descansar um pouco agora.

Alice olhou ao redor com grande surpresa.

— Ora, acredito que ficamos embaixo desta árvore o tempo todo! Tudo está igual a antes!

— Claro que está — disse a Rainha. — Como você achava que seria?

— Bem, no *nosso* país — retrucou Alice, ainda um pouco ofegante —, em geral se iria para outro lugar se alguém corresse muito rápido por muito tempo, como fizemos.

— Um país lento! — exclamou a Rainha. — Ora, *aqui*, sabe, precisamos correr o máximo que *pudermos* para ficar no mesmo lugar. Se quiser ir a outro lugar, precisa correr com o dobro de velocidade daquilo!

— Eu prefiro não tentar, por favor! — disse Alice. — Estou bem satisfeita em ficar aqui... só que *estou* com tanto calor e tanta sede!

— Eu sei de que *você* gostaria! — declarou a Rainha com bom humor, pegando uma caixinha no bolso. — Quer um biscoito?

Alice achou que não seria educado dizer "Não", embora aquilo não fosse de forma alguma o que ela quisesse.

Ela o pegou e comeu da melhor forma que pôde; estava *muito* seco, e ela achou que nunca tinha ficado quase tão engasgada na vida.

— Enquanto você se refresca — disse a Rainha —, vou tirar as medidas.

E tirou uma fita do bolso, com centímetros marcados nela, e começou a medir o chão, enfiando estacas aqui e ali.

— No fim de dois metros — disse ela, botando uma estaca para marcar a distância —, eu lhe darei suas instruções. Quer outro biscoito?

— Não, obrigada — respondeu Alice. — Um foi *mais* do que suficiente!

— Saciou a sede, espero? — disse a Rainha.

Alice não soube como responder a isso, mas, por sorte, a Rainha não esperou resposta, só prosseguiu.

— No fim de *três* metros, vou repetir, por medo de você esquecer. No fim de quatro, vou me despedir. E, no fim de *cinco*, vou embora!

Ela tinha colocado todas as estacas no chão a essa altura, e Alice olhou com grande interesse enquanto ela voltava para a árvore e começava a andar devagar pela fileira.

Na estaca de dois metros, ela se virou e disse:

— Um peão anda duas casas na primeira jogada, sabe. Então você vai *bem* rápido para a Terceira Casa, por ferrovia, acredito eu, e vai estar na Quarta Casa em um instante. Bom, *aquela* casa pertence a Tweedledum e Tweedledee, a Quinta é basicamente água, a Sexta pertence a Humpty Dumpty... Mas você não vai comentar nada?

— Eu... eu não sabia que tinha que comentar... nessa hora — respondeu Alice, hesitante.

— Você *deveria* ter dito "É muita gentileza sua me contar tudo isso". Entretanto, vamos supor que foi dito. A Sétima Casa é toda floresta... contudo, um dos Cavaleiros vai lhe mostrar o caminho. E na Oitava Casa seremos Rainhas juntas, e é só banquete e diversão!

Alice se levantou e fez uma reverência, então se sentou de novo.

Na estaca seguinte, a Rainha se virou de novo, e desta vez advertiu:

— Fale em francês quando não conseguir pensar na palavra para uma coisa, vire seus dedos para fora enquanto andar e lembre quem você é!

Ela não esperou que Alice fizesse uma reverência desta vez e saiu andando depressa para a estaca seguinte, onde se virou por um momento para dizer "adeus" e se apressou até a última.

Como aconteceu, Alice nunca soube, porém, bem na hora que chegou à última estaca, ela sumiu. Se desapareceu no ar ou se correu depressa para o bosque (*e ela consegue correr muito rápido!*, pensou Alice), não havia como adivinhar, mas ela sumiu, e Alice começou a lembrar que era um Peão e que logo seria sua vez de se mexer.

INSETOS DO ESPELHO

Claro que a primeira coisa a fazer era uma grande pesquisa da área por onde ela passaria. É como aprender geografia, pensou Alice quando ficou nas pontas dos pés na esperança de conseguir ver um pouco mais longe. *Rios principais… não há* nenhum. *Montanhas principais… estou na única, mas acho que não tem nome. Cidades principais… ora, o que* são *aquelas criaturas fazendo mel ali embaixo? Não podem ser abelhas, ninguém viu abelhas por um quilômetro, sabe…* E por um tempo ela ficou ali em silêncio, olhando uma delas voando entre as flores, enfiando o prosbócide nelas, *como se fosse uma abelha comum*, pensou Alice.

Mas aquilo era qualquer coisa, menos uma abelha comum; na verdade, era um elefante… como Alice logo descobriu, embora a ideia tenha tirado seu fôlego no começo. *E que flores enormes devem ser!*, foi sua ideia seguinte. *Algo tipo chalés com telhados retirados e caules enfiados... e quanto mel devem fazer! Acho que vou descer e... não,* ainda não!, prosseguiu ela, segurando-se quando estava começando a descer correndo pela colina e tentando encontrar uma desculpa para ficar acanhada tão de repente. *Não vai ser bom descer entre eles sem um galho comprido para espantá-los... E como vai ser divertido quando me perguntarem se gostei da minha caminhada. Eu direi: "Ah, gostei muito..."* (aqui houve o movimento favorito de cabeça) *"... só que estava tão poeirento e quente, e os elefantes ficaram de provocação!"*.

— Acho que vou pelo outro lado — disse ela depois de uma pausa — e talvez eu possa visitar os elefantes depois. Além do mais, quero muito chegar à Terceira Casa!

Com essa desculpa, ela desceu a colina correndo e pulou por cima do primeiro de seis riachos.

* * * * * *
* * * * *
* * * * * *

— Passagem, por favor! — disse o Guarda, colocando a cabeça na janelinha.

Em um instante, todo mundo estava oferecendo uma passagem; eram do mesmo tamanho de pessoas e pareciam encher o vagão.

— Ora! Mostre sua passagem, criança! — ordenou o Guarda, olhando com irritação para Alice.

E muitas vozes falaram juntas (*como o refrão de uma música*, pensou Alice):

— Não o deixe esperando, criança! Ora, o tempo dele vale mil libras o minuto!

— Lamento dizer que não tenho — disse Alice, em tom assustado. — Não havia guichê de passagens no lugar de onde eu vim.

E de novo o coral de vozes falou:

— Não havia espaço para um no lugar de onde ela veio. A terra lá vale mil libras por centímetro!

— Não invente desculpas — retrucou o Guarda. — Você deveria ter comprado com o maquinista da locomotiva.

E mais uma vez o coral de vozes prosseguiu com:

— O homem que dirige a locomotiva. Ora, só a fumaça vale mil libras cada baforada!

Alice pensou com seus botões: *Então não adianta falar.* As vozes não se juntaram desta vez, pois ela não tinha falado, mas, para sua grande surpresa, todos *pensaram* em coro (espero que você entenda o que *pensar em coro* quer dizer, pois preciso confessar que *eu* não entendo): *Melhor não falar nada. A língua vale mil libras a palavra!*

Vou sonhar com mil libras esta noite, sei que vou!, pensou Alice.

Todo esse tempo, o Guarda ficou olhando para ela, primeiro por um telescópio, depois por um microscópio e por um binóculo de teatro. Por fim, ele falou:

— Você está viajando para o lado errado. — E fechou a janela e saiu andando.

— Uma criança tão nova — disse o cavalheiro sentado em frente a ela (ele estava vestido de papel branco) — deveria saber para que lado está indo, mesmo que não saiba o próprio nome!

Um Bode que estava sentado ao lado do cavalheiro de branco fechou os olhos e exclamou em voz alta:

— Ela deveria saber o caminho até o guichê de passagens, mesmo que não saiba o alfabeto!

Havia um Besouro sentado ao lado do Bode (era um vagão cheio de passageiros estranhos, no fim das contas) e, como a regra parecia ser que cada um falasse por vez, *ele* disse:

— Ela vai ter que voltar como bagagem!

Alice não conseguiu ver quem estava sentado depois do Besouro, mas uma voz rouca se pronunciou em seguida:

— Mude de trem... — começou, e foi obrigada a parar.

Parece um asno, pensou Alice com seus botões. E uma voz muitíssimo baixa falou bem perto do ouvido dela:

— Você pode fazer uma piada com *isso*.. Algo sobre "asno" e "pasmo", sabe?

Uma voz bem gentil ao longe se manifestou:

— Ela devia estar com uma etiqueta dizendo "Frágil", sabe...

E depois disso outras vozes soaram (*Quanta gente tem no vagão!*, pensou Alice), dizendo:

— Ela devia ir pelo correio, pois tem cabeção...

— Ela devia ser enviada como telegrama...

— Ela devia puxar o trem o resto do caminho...

E assim por diante.

Mas o cavalheiro vestido de papel branco se inclinou para a frente e sussurrou no ouvido dela:

— Não dê atenção ao que eles dizem, minha querida, mas pegue uma passagem de volta toda vez que o trem parar.

— Claro que não farei isso! — rebateu Alice com certa impaciência. — Esta viagem de trem não é meu lugar... Eu estava em um bosque agorinha mesmo... e queria poder voltar para lá.

— Você pode fazer uma piada com *isso* — disse a vozinha perto do ouvido dela. — Algo como "você *faria* se pudesse", sabe?

— Não me provoque assim — pediu Alice, olhando em vão para ver de onde a voz tinha vindo. — Se quer tanto que uma piada seja feita, por que não faz você?

A vozinha deu um suspiro profundo; era evidente que estava *muito* infeliz, e Alice teria dito algo compadecendo-se dela para reconfortá-la, *se ao menos suspirasse como as outras pessoas!*, pensou. Mas era um suspiro tão maravilhosamente baixo, que ela não teria ouvido se não tivesse soado *bem* perto do ouvido dela. A consequência disso foi que fez muitas cócegas no ouvido dela e afastou os pensamentos de infelicidade da pobre criaturinha.

— Sei que você é amiga — prosseguiu a vozinha. — Uma amiga querida e uma velha amiga. E não vai me machucar, apesar de eu *ser* um inseto.

— Que tipo de inseto? — indagou Alice com certa ansiedade. O que ela queria mesmo saber era se ferroava ou não, mas achou que não seria uma pergunta muito educada.

— Ora, então você não... — começou a vozinha, mas foi sufocada por um grito agudo da locomotiva, e todos pularam alarmados, Alice entre eles.

O Asno, que tinha colocado a cabeça para fora da janela, puxou-a de volta e disse:

— É só um riacho sobre o qual temos de saltar.

Todos pareceram satisfeitos com isso, mas Alice ficou um pouco nervosa com a ideia de trens que pulam. *Entretanto, vai nos levar para a Quarta Casa, e isso é um consolo!*, disse para si mesma. Em outro momento, sentiu o vagão subir no ar, e, com medo, agarrou a coisa mais próxima da mão, que por acaso era a barba do Bode.

* * * * * *
* * * * *
* * * * * *

Mas a barba pareceu derreter quando Alice tocou nela, e a menina se viu sentada na maior tranquilidade embaixo de uma árvore enquanto o Pernilongo (pois esse era o inseto com o qual estava falando) se equilibrava em um galhinho acima da cabeça dela, abanando-a com as asas.

Sem dúvida era um Pernilongo *muito* grande, *do tamanho de uma galinha*, pensou Alice. Ainda assim, ela não ficou nervosa, depois de eles terem conversado por tanto tempo.

— Então você não gosta de todos os insetos? — perguntou o Pernilongo, muito calmo, como se nada tivesse acontecido.

— Eu gosto deles quando sabem falar — respondeu Alice. — Nenhum fala no lugar de onde *eu* venho.

— Que tipos de inseto aprecia no lugar de onde *você* vem? — indagou o Pernilongo.

— Eu não *aprecio* nenhum inseto — explicou Alice —, porque tenho medo deles, ao menos dos grandes. Mas posso dizer o nome de alguns.

— E eles respondem ao nome? — comentou o Pernilongo, distraído.

— Nunca vi um que respondesse.

— Qual é a utilidade de terem nome — questionou o Pernilongo — se eles não respondem?

— Não tem utilidade para *eles* — observou Alice. — Mas é útil para as pessoas que os citam, acho. Senão, por que as coisas têm nome?

— Não sei dizer — respondeu o Pernilongo. — Além do mais, no bosque ali, eles não têm nome... Mas prossiga com sua lista de insetos. Você está desperdiçando tempo.

— Bem, tem a Mutuca — começou Alice, contando os nomes nos dedos.

— Certo — disse o Pernilongo. — Ali naquele arbusto você vai ver uma Mutuca-de-balanço se olhar bem. É toda feita de madeira e anda por aí se balançando de galho em galho.

— E vive de quê? — perguntou Alice com bastante curiosidade.

— Seiva e serragem — respondeu o Pernilongo. — Continue sua lista.

Alice olhou para a Mutuca-de-balanço com grande interesse e decidiu que devia ter acabado de ser pintada, de tão brilhosa e grudenta que parecia. Ela prosseguiu.

— E tem a Libélula.

— Olhe para o galho acima de sua cabeça — disse o Pernilongo. — Lá você vai encontrar uma libelulina. O corpo é feito de pudim de ameixa, as asas são de folhas de azevinho e a cabeça é uma uva-passa flambando no conhaque.

— E vive de quê?

— Mingau de grãos e torta de carne — respondeu o Pernilongo —, e faz o ninho em uma caixa de Natal.

— E tem a Borboleta — continuou Alice, depois de dar uma boa olhada no inseto com a cabeça em chamas e pensar com seus botões: *Será que é por isso que insetos gostam tanto de voar para velas? Porque querem virar libelulinas!*

— Andando aos seus pés — disse o Pernilongo (Alice puxou os pés para trás em um sobressalto) —, você pode observar um Pão-com-manteigaleta. As asas são fatias finas de pão com manteiga, o corpo é uma casca e a cabeça é um torrão de açúcar.

— E *esse* vive de quê?

— Chá fraco com creme.

Uma nova dificuldade surgiu na cabeça de Alice.

— E se ele não conseguir encontrar isso? — sugeriu ela.

— Aí morreria, claro.

— Mas isso deve acontecer com muita frequência — comentou Alice, pensativa.

— Sempre acontece — retrucou o Pernilongo.

Depois disso, Alice ficou em silêncio por um ou dois minutos, ponderando. O Pernilongo se divertia enquanto zumbia em volta da cabeça dela. Ele por fim se acomodou de novo e comentou:

— Imagino que não queira perder seu nome?

— Não mesmo — respondeu Alice com certa ansiedade.

— Ainda assim, não sei — prosseguiu o Pernilongo em um tom descuidado —, só pense no quanto seria conveniente se conseguisse ir para casa sem ele! Por exemplo, se a professora quisesse chamar você na aula, ela diria "venha aqui...", e teria que parar por aí, porque não haveria nome para chamar, e claro que você não teria que ir, não é?

— Isso nunca funcionaria, tenho certeza — discordou Alice. — A professora jamais pensaria em me deixar sem participar da aula por isso. Se não conseguisse se lembrar do meu nome, ela perguntaria se eu estava "perdida", como os criados fazem.

— Bem, se ela perguntasse se você está "perdida" e não dissesse mais nada — comentou o Pernilongo —, claro que a aula já estaria perdida. Foi uma piada. Queria que *você* a tivesse feito.

— Por que você queria que *eu* a tivesse feito? — perguntou Alice. — Foi uma piada péssima.

Mas o Pernilongo só deu um suspiro profundo enquanto duas lágrimas grandes desceram pelas bochechas dele.

— Você não deveria fazer piada — disse Alice — se te deixa tão triste.

Houve outro daqueles suspiros melancólicos e, desta vez, o pobre Pernilongo pareceu mesmo ter suspirado para longe, pois, quando Alice olhou para cima, não havia nada no galho, e, como estava ficando com frio por ter ficado parada tanto tempo, ela se levantou e andou.

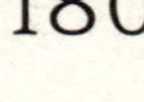

Logo chegou a um campo aberto, com um bosque do outro lado; parecia bem mais escuro do que o bosque anterior, e Alice se sentiu *meio* receosa de ir até lá. Entretanto, pensando melhor, decidiu ir, *pois é certo que não vou* voltar, pensou ela, e aquele era o único caminho para a Oitava Casa.

Esse deve ser o bosque, disse para si mesma, pensativa, *onde as coisas não têm nome. O que será do* meu *nome quando eu entrar? Eu não queria perdê-lo, porque teriam que me dar outro, e é quase certo que seria um nome feio. Mas aí a diversão seria tentar encontrar a criatura que ficou com meu antigo nome! É igual aos avisos, sabe, quando as pessoas perdem cachorros: "Atende pelo nome de 'Disparo'; estava com uma coleira de metal". Imagina só chamar tudo que se encontra de "Alice" até alguma das coisas responder! Só que ela não responderia se fosse esperta.*

Ela estava divagando assim quando chegou ao bosque. Estava bem fresco, cheio de sombras.

— Bom, pelo menos é um grande consolo — disse ela ao ficar embaixo das árvores — depois de passar tanto calor, entrar no... no *quê*? — continuou ela, um tanto surpresa de não conseguir pensar na palavra. — Estou falando de ficar embaixo da... embaixo da... embaixo *disso*, sabe! — exclamou, colocando a mão no tronco da árvore. — Como será que se *chama*? Acredito que não tenha nome... ora, é certo que não!

Ela ficou em silêncio por um minuto, pensando; e, de repente, recomeçou.

— Isso acontece *mesmo*, afinal! E agora, quem sou eu? *Vou* me lembrar se puder! Estou determinada a lembrar! — Mas estar determinada não ajudava muito, e a única coisa que conseguiu dizer depois de muito tempo refletindo foi: — L, *sei* que começa com L!

Nessa hora, um Gamo se aproximou. Fitou Alice com os olhos grandes e gentis, mas não pareceu nada assustado.

— Aqui! Aqui! — disse Alice enquanto esticava a mão e tentava acariciá-lo; mas ele só recuou um pouco e ficou olhando para ela de novo.

— Como você se chama? — perguntou o Gamo por fim. Que voz suave ele tinha!

Quem me dera saber!, pensou a pobre Alice. Ela respondeu com certa tristeza:

— Nada agora.

— Pense de novo — insistiu ele. — Isso não vai servir.

Alice pensou, mas não veio nada.

— Por favor, você pode me dizer como *você* se chama? — pediu ela com timidez. — Acho que pode ajudar um pouquinho.

— Vou te contar se você for um pouco para lá — disse o Gamo. — Não consigo lembrar aqui.

Eles andaram juntos pelo bosque, Alice com os braços passados com carinho ao redor do pescoço macio do Gamo,

até eles chegarem em outro campo aberto, e lá o Gamo deu um salto súbito no ar e se soltou dos braços de Alice.

— Eu sou um Gamo! — gritou ele com uma voz de deleite. — E, minha nossa! Você é uma criança humana! — Uma expressão súbita de alarme surgiu nos belos olhos castanhos dele e, passado outro instante, saiu correndo a toda velocidade.

Alice ficou olhando para ele, quase prestes a chorar de chateação por ter perdido o querido companheirinho de viagem tão de repente.

— No entanto, agora sei meu nome — falou ela —, e isso *pelo menos* é um consolo. Alice... Alice... Não vou esquecer de novo. E agora, qual dessas setas devo seguir, será?

Não foi uma pergunta muito difícil de responder, pois só havia uma estrada pelo bosque, e as duas setas apontavam para ela.

— Vou resolver — disse Alice para si mesma — quando a estrada se dividir e elas apontarem para caminhos diferentes.

Mas isso não pareceu ter chance de acontecer. Ela seguiu por uma longa trilha, mas sempre que a estrada se bifurcava, havia duas setas apontando para o mesmo caminho, uma dizendo “PARA A CASA DE TWEEDLEDUM” e a outra “PARA A CASA DE TWEEDLEDEE”.

— Acredito — exclamou Alice por fim — que eles morem na mesma casa! Não sei por que não pensei nisso antes... Mas não posso ficar muito tempo lá. Vou só dar uma passada para dizer “Como vão?” e perguntar como sair do bosque. Queria chegar à Oitava Casa antes de escurecer!

Ela seguiu andando, falando sozinha no caminho, até que, ao virar uma curva fechada, deu de cara com dois homenzinhos gordos, tão de repente que não pôde deixar de encará-los, porém, no instante seguinte, ela se recuperou, com a certeza de que deviam ser eles.

TWEEDLEDUM E TWEEDLEDEE

Eles estavam parados embaixo de uma árvore, cada um com o braço no pescoço do outro, e Alice soube qual era qual num instante, porque um tinha "DUM" bordado na gola, e o outro tinha "DEE". *Suponho que os dois tenham "TWEEDLE" na parte de trás da gola*, pensou ela.

Eles estavam tão imóveis que ela esqueceu que estavam vivos, e já ia dar a volta para ver se a palavra "TWEEDLE" estava escrita na parte de trás de cada gola quando levou um susto por causa de uma voz saindo do que estava marcado como "DUM".

— Se acha que somos de cera — disse ele —, é melhor pagar, viu. Bonecos de cera não foram feitos para serem olhados de graça, de jeito nenhum!

Dum
Dee

— Pelo contrário — acrescentou o que estava marcado como "DEE" —, se acha que estamos vivos, você tem que falar.

— Sei que sinto muito. — Isso foi tudo que Alice conseguiu dizer; pois a letra da antiga canção ficou ecoando na cabeça dela como o tiquetaquear de um relógio, e ela mal conseguiu se segurar para não a recitar em voz alta:

Tweedledum e Tweedledee
Combinaram de travar uma batalha;
Pois Tweedledum disse que Tweedledee
Tinha estragado seu novo chocalho.

Nessa hora um corvo monstruoso veio,
Preto como um balde de alcatrão;
Os dois heróis ficaram com tanto medo,
Que esqueceram a discussão.

— Eu sei em que você está pensando — disse Tweedledum. — Mas não é assim, de jeito nenhum.

— Pelo contrário — continuou Tweedledee —, se fosse, poderia ser; e se fosse, seria; mas, como não é, não é. É a lógica.

— Eu estava pensando — falou Alice com muita educação — em qual é o melhor caminho para sair deste bosque. Está ficando muito escuro. Vocês podem me dizer, por favor?

Mas os homenzinhos só se olharam e sorriram.

Eles eram tão idênticos a dois estudantes grandes, que Alice não pôde deixar de apontar o dedo para Tweedledum e dizer:

— Primeiro da Sala!

— De jeito nenhum! — gritou Tweedledum bem depressa, e fechou a boca com um estalo.

— Segundo da Sala! — exclamou Alice, passando para Tweedledee, mesmo tendo certeza de que ele só gritaria "Pelo contrário!", e foi o que ele fez.

— Você está errada! — gritou Tweedledum. — A primeira coisa em uma visita é dizer "Como vai" e apertar as mãos! — E então os dois irmãos se abraçaram, e aí esticaram as duas mãos livres para apertar a mão dela.

Alice não queria apertar a mão de nenhum dos dois primeiro por medo de ferir os sentimentos do outro; então o melhor jeito de escapar daquela dificuldade foi segurar as duas mãos ao mesmo tempo. No momento seguinte, eles estavam dançando em roda. Isso pareceu bem natural (ela se lembrou depois), e ela nem ficou surpresa de ouvir música tocando; parecia vir da árvore debaixo da qual estavam dançando e era feita (pelo que ela conseguiu identificar) pelos galhos se esfregando uns nos outros, como violinos e arcos.

— Mas com certeza *foi* engraçado — (disse Alice mais tarde, quando estava contando para a irmã a história de tudo aquilo) — me ver cantando *Ciranda cirandinha vamos todos cirandar*. Não sei quando comecei, mas senti como se tivesse cantado por muito tempo!

Os outros dois dançarinos eram gordos e logo ficaram sem fôlego.

— Quatro voltas são suficientes para uma dança — disse Tweedledum, ofegante, e eles pararam de dançar tão de repente quanto tinham começado. A música parou no mesmo instante.

Eles soltaram as mãos de Alice e ficaram olhando para ela por um minuto. Houve uma pausa um tanto constrangedora, pois Alice não sabia como começar uma conversa com pessoas com quem tinha acabado de dançar. *Não teria cabimento dizer "Como vai?"* agora, pensou ela. *Parece que já passamos disso!*

— Espero que não estejam muito cansados — falou ela por fim.

— De jeito nenhum. E *muito* obrigado por perguntar — respondeu Tweedledum.

— *Muito* agradecido mesmo! — acrescentou Tweedledee. — Você gosta de poesia?

— Si-im, gosto muito... de *algumas* poesias — acrescentou Alice, em dúvida. — Podem me dizer qual estrada leva para fora do bosque?

— O que devo recitar para ela? — disse Tweedledee, olhando para Tweedledum com olhos grandes e solenes, sem reparar na pergunta de Alice.

— *A Morsa e o Carpinteiro* é o mais comprido — respondeu Tweedledum, dando um abraço afetuoso no irmão.

Tweedledee começou na mesma hora:

O sol estava brilhando...

Aqui, Alice se arriscou a interrompê-lo.

— Se for *muito* comprido — disse ela da forma mais educada que pôde —, poderiam primeiro me dizer qual estrada...

Tweedledee abriu um sorriso gentil e recomeçou:

O sol estava brilhando no mar,
Brilhando com uma força danada:
Ele estava se esforçando para deixar
Cada onda lisa e iluminada...
E isso era estranho, porque era
Bem o meio da madrugada.

A lua brilhava com mau humor,
Porque o sol, ela achava,
Não tinha nada que estar lá
Depois que o dia acabava...
"É muita grosseria dele
Estragar a diversão!", lamentava.

O mar estava úmido, como se espera,
A areia, tão seca quanto é de fato.
Não dava para ver uma nuvem sequer
Porque, no céu, de nuvem havia um hiato:
Não havia pássaros voando acima —
Nenhum pássaro passava no alto.

A Morsa e o Carpinteiro
Estavam andando pertinho;
E choraram muito de ver
Tanta areia no caminho:
"Se isso fosse retirado",
Disseram, "seria tão *gostosinho!"*

"Se sete criadas com sete esfregões
Varressem por meio ano,
Você acha", perguntou a Morsa,
"Que tudo ficaria plano?"
"Duvido", disse o Carpinteiro,
E acabou de novo chorando.

"Ei, Ostras, venham andar conosco!"
A Morsa fez a chamada.
"Um bom passeio, uma boa conversa,
Por essa praia salgada:
Mas não podem mais do que quatro,
Para dar uma mão para cada."

A Ostra anciã olhou para ele.
Mas nenhuma palavra falou:
A Ostra anciã piscou o olho
E a cabeça pesada abanou —
Querendo dizer que não desejava
Sair de onde sempre ficou.

Mas quatro jovens ostras correram,
Ansiosas pelas brincadeiras:
Os casacos escovados, os rostos lavados,
Os sapatos limpos e sem sujeira —
E isso foi bem estranho, porque, sabe,
Ostra não tem pé, que doideira.

Quatro Ostras as seguiram,
E depois mais quatro Ostras;
E logo vieram mais, aos montes,
E outras, e outras, e outras —
Todas pulando a espuma das ondas,
E correndo para a areia como loucas.

A Morsa e o Carpinteiro
Andaram muitas passadas,
E foram descansar em pedras
Convenientemente rebaixadas
E todas as Ostrinhas ficaram
Esperando enfileiradas.

"Chegou a hora", disse a Morsa,
"De muitas coisas falar:
De sapatos — e navios — e lacres —
De repolhos — e reis a reinar —
E por que o mar está a borbulhar —
E se os porcos têm asas para voar."

"Mas espera só", gritaram as Ostras,
"Antes das nossas conversas;
Pois algumas estão sem fôlego,
E todas somos bem obesas!"
"Não tem pressa!", disse o Carpinteiro.
Elas ficaram muito gratas.

"Um pedaço de pão", disse a Morsa,
"É isso que mais queremos:
Pimenta e vinagre junto
São um bom acompanhamento —
Se estiverem prontas, Ostrinhas,
Podemos começar com o alimento."

"Mas não nós!", gritaram as Ostras,
Ficando num tom azulado,
"Depois de tanta gentileza, seria
Um gesto desnaturado!"
"A noite está linda", disse a Morsa
"Gostaram do visual ao lado?"

"Que bom que vocês vieram!
E que amores são vocês!"
O Carpinteiro disse apenas
"Corta dois pedaços ou três:
Quem dera não fossem tão surdas —
Já pedi mais de uma vez!"

"Parece uma pena", disse a Morsa,
"Dar um golpe tão mesquinho,
Depois de as trazermos tão longe,
E as fazermos correr rapidinho!"
O Carpinteiro disse apenas
"A manteiga está fazendo um morrinho!"

"Eu choro por vocês", disse a Morsa.
"Me solidarizo profundamente."
Aos soluços e lágrimas ele escolheu
As de tamanho mais evidente.
Segurando o lenço de bolso
Para secar os olhos somente.

"Ó Ostras", disse o Carpinteiro.
"Vocês estavam animadinhas!
Vamos voltar para casa agora?"
Mas elas estavam quietinhas —
E isso nem foi estranho, porque
Eles tinham comido todinhas.

— Gosto mais da Morsa — comentou Alice — porque dá para ver que ela sentiu um *pouco* de pena das pobres ostras.

— Mas ela comeu mais do que o Carpinteiro — argumentou Tweedledee. — Ela ficou segurando o lenço na frente, para o Carpinteiro não poder contar quantas ela pegou; pelo contrário.

— Isso foi maldade! — exclamou Alice com indignação. — Então gosto mais do Carpinteiro... se ele não comeu tantas quanto a Morsa.

— Mas ele comeu o máximo que conseguiu — rebateu Tweedledum.

Isso era um enigma. Depois de uma pausa, Alice disse:

— Bem! Os *dois* eram personagens desagradáveis... — Então ela parou com certo alarme ao ouvir algo que pareceu a baforada de uma locomotiva grande no bosque ali perto, apesar de temer que fosse um animal selvagem, o que era mais provável. — Tem muitos leões ou tigres por aqui? — perguntou com timidez.

— É só o Rei Vermelho roncando — respondeu Tweedledee.

— Venha olhar! — gritaram os irmãos, e cada um segurou uma das mãos de Alice e a levaram até onde o Rei estava dormindo.

— Não é uma visão *adorável*? — indagou Tweedledum.

Alice não podia dizer com sinceridade que era. Ele estava usando um gorro vermelho de dormir bem alto com borla na ponta e estava deitado encolhido em uma espécie de montinho desarrumado, roncando alto...

— Digno de arrancar a cabeça de tanto roncar! — como comentou Tweedledum.

— Tenho medo de ele pegar um resfriado de ficar deitado na grama úmida — disse Alice, que era uma garotinha muito atenciosa.

— Ele está sonhando agora — observou Tweedledee. — E com o que você acha que está sonhando?

— Ninguém pode adivinhar isso — disse Alice.

— Ora, com *você*! — exclamou Tweedledee, batendo palmas com triunfo. — E se ele parasse de sonhar com você, onde você acha que estaria?

— Onde estou agora, claro — respondeu Alice.

— Não você! — retorquiu Tweedledee com desprezo. — Você não estaria em lugar nenhum. Ora, você é só uma coisa no sonho dele!

— Se aquele Rei fosse acordado — acrescentou Tweedledum —, você sumiria, puf! Como uma vela!

— Não mesmo! — exclamou Alice com indignação. — Além do mais, se *eu* sou só uma coisa no sonho dele, o que são *vocês*? Eu bem que gostaria de saber!

— Idem — disse Tweedledum.

— Idem, idem — gritou Tweedledee.

Ele gritou isso tão alto que Alice não pôde deixar de falar:

— Shh! Tenho medo de que você o acorde se fizer tanto barulho.

— Bem, não adianta *você* falar sobre acordá-lo — argumentou Tweedledum — quando é só uma das coisas no sonho dele. Você sabe muito bem que não é real.

— Eu *sou* real! — disse Alice, e começou a chorar.

— Você não vai ficar mais real se chorar — comentou Tweedledee. — Não tem motivo para chorar.

— Se eu não fosse real — insistiu Alice, meio rindo em meio às lágrimas, pois tudo parecia tão ridículo —, eu não conseguiria chorar.

— Espero que não ache que são lágrimas reais — interrompeu Tweedledum em um tom de grande desprezo.

Eu sei que eles estão falando absurdos, pensou Alice com seus botões, *e que é tolice chorar por isso*. Então ela secou as lágrimas e continuou da forma mais alegre que conseguiu:

— De qualquer modo, é melhor eu sair logo do bosque, pois está ficando muito escuro. Vocês acham que vai chover?

Tweedledum abriu um guarda-chuva grande em cima de si mesmo e do irmão e ergueu os olhos para ele.

— Não, acho que não — disse ele. — Ao menos... não *aqui* embaixo. De jeito nenhum.

— Mas será que chove *fora*?

— Pode chover... se a chuva quiser — respondeu Tweedledee. — Não temos objeção. Pelo contrário.

Coisinhas egoístas!, pensou Alice, e estava prestes a dizer "Boa noite" e deixá-los quando Tweedledum pulou de debaixo do guarda-chuva e a segurou pelo pulso.

— Está vendo *aquilo*? — perguntou ele, com uma voz engasgada de emoção, e os olhos dele ficaram arregalados e amarelados em um instante, enquanto apontava um dedo trêmulo para uma coisinha branca embaixo da árvore.

— É só um chocalho — disse Alice depois de um exame cuidadoso da coisinha branca. — Não uma *cobra* com chocalho, entende — acrescentou ela depressa, achando que ele estava com medo —; só um chocalho velho, bem velho e quebrado.

— Eu sabia que era! — gritou Tweedledum, começando a espernear desenfreado e a arrancar o cabelo. — Está estragado, claro! — Ele olhou para Tweedledee, que na mesma hora se sentou no chão e tentou se esconder embaixo do guarda-chuva.

Alice colocou a mão no braço dele e falou em tom tranquilizador:

— Não precisa ficar com tanta raiva por causa de um chocalho velho.

— Mas não é velho! — gritou Tweedledum, com uma fúria maior do que nunca. — É novo, estou dizendo. Comprei ontem, meu chocalho lindo NOVINHO! — A voz dele se ergueu em um grito perfeito.

Esse tempo todo, Tweedledee estava se esforçando para fechar o guarda-chuva com ele mesmo dentro, o que era uma coisa extraordinária de se fazer, e isso afastou a atenção de Alice do irmão zangado. Mas ele não conseguiu, e acabou com ele rolando enrolado no guarda-chuva só com a cabeça de fora. E assim ficou, abrindo e fechando a boca e os olhos grandes, *parecendo mais um peixe do que qualquer outra coisa*, pensou Alice.

— Será que você concorda em travarmos uma batalha? — perguntou Tweedledum em um tom mais calmo.

— Acho que sim — respondeu o outro, mal-humorado, enquanto saía do guarda-chuva se arrastando. — Só que *ela* precisa nos ajudar a nos vestir, você sabe.

Os dois irmãos foram de mãos dadas para o bosque e voltaram em um minuto com os braços cheios de coisas, como almofadas, cobertores, tapetes, toalhas de mesa, panos de prato e baldes de carvão.

— Espero que você seja boa em prender e amarrar cordões — comentou Tweedledum. — Todas essas coisas têm de constar, de uma forma ou de outra.

Alice disse mais tarde que nunca tinha visto tanta confusão por nada na vida, pelo jeito como aqueles dois se agitavam e a quantidade de coisas que vestiam e o trabalho que deram a ela para amarrar cordões e fechar botões.

Eles vão ficar mais como montes de roupas velhas do que qualquer outra coisa quando estiverem prontos!, disse para si mesma enquanto arrumava uma almofada no pescoço de Tweedledee para "impedir que a cabeça dele fosse cortada", como ele mesmo disse.

— Sabe — acrescentou ele, muito sério —, é uma das coisas mais graves que pode acontecer a alguém em uma batalha: a cabeça ser cortada.

Alice riu alto, mas conseguiu transformar em uma tosse por medo de ferir os sentimentos dele.

— Estou muito pálido? — perguntou Tweedledum, aproximando-se para ela amarrar o capacete dele. (Ele *chamou* de capacete, mas mais parecia uma panela.)

— Bem... sim... um *pouco* — respondeu Alice com gentileza.

— Eu costumo ser muito corajoso — continuou ele com voz baixa. — Só que hoje por acaso estou com dor de cabeça.

— E *eu* estou com dor de dente! — disse Tweedledee, que tinha ouvido o comentário. — Estou bem pior que você!

— Então é melhor vocês não brigarem hoje — aconselhou Alice, achando que era uma boa oportunidade para fazer as pazes.

— Nós *temos* que brigar um pouco, mas não quero que seja por muito tempo — disse Tweedledum. — Que horas são agora?

Tweedledee olhou para o relógio e falou:

— Quatro e meia.

— Vamos brigar até às seis, depois vamos jantar — declarou Tweedledum.

— Muito bem — disse o outro com certa tristeza. — E *ela* pode nos olhar, só que é melhor você não vir *muito* perto — acrescentou ele. — Eu costumo bater em tudo que vejo... quando fico muito animado.

— E *eu* bato em tudo a meu alcance — gritou Tweedledum —, quer eu consiga ver ou não!

Alice riu.

— Você deve bater em árvores com frequência, imagino — disse ela.

Tweedledum olhou ao redor com um sorriso satisfeito.

— Acho que não vai sobrar uma árvore de pé nos arredores quando terminarmos! — exclamou ele.

— E tudo por causa de um chocalho! — insistiu Alice, ainda na esperança de deixá-los com um *pouco* de vergonha por brigarem por uma coisinha dessas.

— Eu não teria me importado tanto — disse Tweedledum — se não fosse novo.

Queria que o corvo monstruoso viesse!, pensou Alice.

— Só tem uma espada, sabe — disse Tweedledum para o irmão. — Mas você pode ficar com o guarda-chuva, é bem afiado. Só que temos que começar rápido. Está ficando bem escuro.

— E mais escuro ainda — acrescentou Tweedledee.

Estava ficando escuro tão de repente que Alice achou que devia haver uma tempestade chegando.

— Que nuvem escura densa é essa! — exclamou ela. — E como se aproxima depressa! Ora, acredito que tenha asas!

— É o corvo! — gritou Tweedledum com uma voz aguda de alarme. E os dois irmãos deram no pé e sumiram em um instante.

Alice correu um pouco para dentro do bosque e parou debaixo de uma árvore grande. *Nunca vai conseguir me pegar* aqui, pensou ela; *é grande demais para se espremer entre as árvores. Mas queria que não batesse as asas assim, faz um furacão no bosque, olha o xale de alguém voando!*

LÃ E ÁGUA

Ela pegou o xale enquanto falava e procurou o dono; passado mais um instante, a Rainha Branca veio correndo desembestada pelo bosque, com os dois braços bem esticados, como se estivesse voando, e Alice com muita polidez foi encontrá-la com o xale.

— Estou muito feliz de por acaso estar no caminho — disse Alice enquanto a ajudava a vestir o xale de novo.

A Rainha Branca só olhou para ela com um jeito assustado e impotente e ficou repetindo algo para si mesma em um sussurro que parecia "pão com manteiga, pão com manteiga", e Alice achou que, se fosse para haver alguma conversa, ela que teria que falar. Por isso, disse com timidez:

— Estou me dirigindo à Rainha Branca?

— Bem, sim, se você chamar isso de dirigir — retrucou a Rainha. — Não é a *minha* noção da coisa, nem um pouco.

Alice achou que não adiantaria discutir bem no comecinho da conversa, então sorriu e falou:

— Se Vossa Majestade me disser o caminho certo para começar, farei da melhor forma que puder.

— Mas não quero que seja feito! — gemeu a pobre Rainha. — Estou me dirigindo há duas horas.

Teria sido melhor, na visão de Alice, se ela tivesse arrumado outra pessoa para de fato dirigir para ela, pois estava muito desarrumada. *Está tudo torto*, pensou Alice, *e ela está cheia de grampos!*

— Posso ajeitar seu xale? — perguntou ela em voz alta.

— Não sei qual é o problema dele! — reclamou a Rainha com uma voz melancólica. — Está de mau humor, acho. Eu o prendi aqui, e o prendi ali, mas ele não fica satisfeito!

— *Não dá* para ficar reto, entende, se prender só de um lado — ponderou Alice, enquanto arrumava o xale com gentileza para ela. — E, minha nossa, em que estado está seu cabelo!

— A escova ficou emaranhada nele! — disse a Rainha com um suspiro. — E perdi o pente ontem.

Alice soltou a escova com cuidado e se esforçou para botar o cabelo dela em ordem.

— Sua aparência está bem melhor agora! — disse ela depois de mudar de lugar a maior parte dos grampos. — Mas deveria mesmo ter uma criada!

— Aceito você com prazer! — exclamou a Rainha. — Dois pence por semana e geleia a cada dois dias.

Alice não pôde deixar de rir e disse:

— Não quero que você *me* contrate... e não ligo para geleia.

— É uma geleia muito boa — insistiu a Rainha.

— Bom, não quero *hoje*, de qualquer modo.

— Você não poderia tê-la nem se *quisesse* — retrucou a Rainha. — A regra é geleia amanhã e geleia ontem, mas nunca geleia hoje.

— Alguma hora *tem* que ser "geleia hoje" — protestou Alice.

— Não tem, não — rebateu a Rainha. — É geleia a cada dois dias; hoje não é *dois* dias, entende?

— Eu não entendo — disse Alice. — É confuso demais!

— Esse é o efeito de viver de trás para a frente — declarou a Rainha com gentileza. — Sempre deixa a pessoa um pouco tonta no começo...

— Viver de trás para a frente! — repetiu Alice com grande perplexidade. — Nunca ouvi falar de uma coisa dessas!

— ... mas tem uma enorme vantagem nisso: a memória trabalha nas duas direções.

— Eu sei que a *minha* só funciona em uma direção — comentou Alice. — Não consigo me lembrar das coisas antes que elas aconteçam.

— É um tipo de memória ruim que só funciona para trás — comentou a Rainha.

— De que tipo de coisas *você* se lembra melhor? — Alice se arriscou a perguntar.

— Ah, coisas que aconteceram na semana depois da que vem — respondeu a Rainha em tom indiferente. — Por exemplo, agora — prosseguiu ela, colocando um gesso grande no dedo enquanto falava —, tem o Mensageiro do Rei. Ele está na prisão agora, sendo punido. E o julgamento só começa na próxima quarta-feira. E, claro, o crime é o que vem por último.

— E se ele nunca cometer o crime? — perguntou Alice.

— Seria melhor ainda, não seria? — indagou a Rainha enquanto enrolava o gesso em volta do dedo com um pedaço de fita.

Alice achou que não dava para negar *isso*.

— Claro que seria melhor — disse ela. — Mas não seria melhor ele ser punido.

— Você está errada *nisso*, de qualquer modo — rebateu a Rainha. — *Você* já foi punida?

— Só por erros — disse Alice.

— E ficou melhor com isso, eu sei! — exclamou a Rainha em tom triunfante.

— Sim, mas eu *tinha* feito as coisas pelas quais fui punida — explicou Alice. — Isso faz toda diferença.

— Mas se você *não* as tivesse feito — disse a Rainha —, teria sido melhor ainda; melhor e melhor e melhor! — A voz dela foi ficando mais e mais alta a cada "melhor", até virar um berro esganiçado no final.

Alice estava começando a falar:

— Tem um erro em algum lugar...

Mas a Rainha começou a gritar tão alto, que ela teve que deixar a frase inacabada.

— Ah, ah, ah! — gritou a Rainha, sacudindo a mão como se quisesse se livrar dela. — Meu dedo está sangrando! Ah, ah, ah, ah!

Os gritos dela eram tão parecidos com os de uma locomotiva a vapor que Alice teve de colocar as duas mãos sobre os ouvidos.

— Qual é o problema? — perguntou ela assim que houve a chance de se fazer ouvir. — Furou o dedo?

— Não furei *ainda* — disse a Rainha —, mas em breve furarei... ah, ah, ah!

— Quando espera que aconteça? — perguntou Alice, sentindo-se muito inclinada a rir.

— Quando eu prender o xale de novo — gemeu a pobre Rainha —, o broche vai se abrir no mesmo instante. Ah, ah! — Enquanto ela falava isso, o broche se abriu, e a Rainha tateou desenfreada e tentou fechá-lo de novo.

— Cuidado! — gritou Alice. — Você está segurando tudo torto!

E ela pegou o broche, mas era tarde demais: o alfinete tinha escorregado e a Rainha tinha furado o dedo.

— Isso explica o sangramento, entende — disse ela para Alice com um sorriso. — Agora você entendeu como as coisas acontecem aqui.

— Mas por que não grita agora? — perguntou Alice, preparando as mãos para cobrir os ouvidos de novo.

— Ora, já gritei tudo que tinha para gritar — explicou a Rainha. — De que adiantaria gritar tudo de novo?

A essa altura, o dia estava clareando.

— O corvo deve ter ido embora, acho — disse Alice. — Que bom que se foi. Eu achei que era a noite chegando.

— Eu bem que queria *conseguir* ficar tão feliz! — exclamou a Rainha. — Só que nunca consigo me lembrar da regra. Você deve ser muito feliz morando neste bosque e ficando feliz sempre que deseja!

— Só que é *muito* solitário aqui! — disse Alice com uma voz melancólica; e, ao pensar na solidão que sentia, duas lágrimas grandes desceram pelas bochechas dela.

— Ah, não faça assim! — exclamou a pobre Rainha, revirando as mãos com desespero. — Leve em consideração que menina ótima você é. Leve em consideração o longo caminho que percorreu hoje. Leve em consideração que horas são. Leve qualquer coisa em consideração, só não chore!

Alice não pôde deixar de rir disso, mesmo em meio às lágrimas.

— *Você* consegue não chorar só de levar as coisas em consideração? — perguntou ela.

— É assim que se faz — disse a Rainha com grande decisão —, ninguém pode fazer duas coisas ao mesmo tempo, sabe? Vamos levar sua idade em consideração, para começar. Quantos anos você tem?

— Tenho sete anos e meio, exatamente.

— Você não precisa dizer "exatualmente" — comentou a Rainha. — Acredito em você sem isso. Agora vou *te* dar uma coisa em que acreditar. Eu tenho só cento e um anos, cinco meses e um dia.

— Não acredito *nisso*! — exclamou Alice.

— Não? — disse a Rainha em tom de pena. — Tente de novo. Respire fundo e feche os olhos.

Alice riu.

— Não adianta tentar — disse ela. — Não *dá* para acreditar em coisas impossíveis.

— Eu diria que você não teve muita prática — observou a Rainha. — Quando eu tinha a sua idade, sempre praticava por meia hora todos os dias. Ora, às vezes eu acreditava em até seis coisas impossíveis antes do café da manhã. Lá se vai o xale de novo!

O broche tinha se soltado enquanto ela falava, e um sopro súbito de vento levou o xale da Rainha pelo riacho. A Rainha abriu os braços de novo e saiu voando atrás dele, e desta vez conseguiu pegá-lo sozinha.

— Peguei! — gritou ela em tom triunfante. — Agora você vai me ver prendê-lo sozinha!

— Então espero que seu dedo esteja melhor agora! — disse Alice com muita educação enquanto atravessava o riacho atrás da Rainha.

* * * * * *
* * * * *
* * * * * *

— Ah, muito melhor! — gritou a Rainha, a voz subindo e se transformando num guincho enquanto falava. — Muito me-elhor! Me-elhor! Me-e-e-elhor! Me-e-eh! — A última palavra terminou em um balido longo, tão parecido com uma ovelha, que Alice levou um susto.

Ela olhou para a Rainha, que parecia ter se embrulhado de repente com lã. Alice esfregou os olhos e olhou de novo. Não conseguia entender o que tinha acontecido. Ela estava em uma loja? E aquilo era mesmo... era mesmo uma *ovelha* sentada do outro lado do balcão? Por mais que esfregasse os olhos, não conseguia enxergar melhor: ela estava em uma lojinha escura, com os cotovelos apoiados no balcão, e na frente dela se encontrava uma Ovelha velha, sentada em uma poltrona, tricotando, e de vez em quando parando para olhar para ela através dos óculos grandes.

— O que você quer comprar? — perguntou a Ovelha por fim, erguendo os olhos do tricô por um momento.

— Eu *ainda* não sei bem — respondeu Alice com muita gentileza. — Gostaria de dar uma olhada em tudo em volta primeiro, se possível.

— Pode olhar para a frente e para os dois lados, se quiser — disse a Ovelha. — Mas não pode olhar *tudo* em volta, a não ser que tenha olhos na parte de trás da cabeça.

Mas isso, por um acaso, Alice *não* tinha; portanto, ela se contentou em se virar e olhar as prateleiras ao se aproximar delas.

A loja parecia estar cheia de todos os tipos de coisas curiosas..., mas o mais estranho de tudo era que, sempre que olhava bem para alguma prateleira a fim de identificar o que havia de fato nela, aquela prateleira específica estava vazia; embora as outras em volta estivessem tão cheias quanto possível.

— As coisas se deslocam aqui! — disse ela em tom de queixa depois de ter passado um minuto mais ou menos perseguindo em vão uma coisa grande e reluzente que às vezes parecia uma boneca e às vezes uma caixa de materiais, e estava sempre na prateleira acima da qual estava olhando.

— E essa é a mais instigante de todas..., mas vou dizer uma coisa... — acrescentou quando um pensamento súbito lhe ocorreu —, vou segui-la até a prateleira mais alta. Vai ser difícil ela passar pelo teto, espero!

Mas até esse plano falhou: a “coisa” passou pelo teto da forma mais tranquila possível, como se estivesse acostumada a isso.

— Você é uma criança ou uma piorra? — perguntou a Ovelha enquanto pegava outro par de agulhas. — Vai me deixar tonta se continuar girando assim.

Ela estava agora trabalhando com quatorze pares ao mesmo tempo, e Alice não pôde deixar de olhar com grande perplexidade.

Como consegue *tricotar com tantas?*, pensou a criança com seus botões, intrigada. *Ela se parece cada vez mais com um porco-espinho!*

— Você sabe remar? — perguntou a Ovelha, entregando a ela um par de agulhas de tricô enquanto falava.

— Sim, um pouco. Mas não em terra. E não com agulhas... — Alice estava começando a explicar quando de repente as agulhas viraram remos nas mãos dela, e ela viu que as duas estavam em um barquinho, deslizando entre as margens; e não havia nada para fazer além de o melhor possível.

— Pena! — gritou a Ovelha quando pegou outro par de agulhas.

Não pareceu um comentário que precisasse de resposta, e Alice não disse nada, mas se afastou. Havia algo de bem estranho na água, pensou ela, pois de vez em quando os remos prendiam nela e não saíam tão fácil.

— Pena! Pena! — gritou a Ovelha de novo, pegando mais agulhas. — Você vai pegar um caranguejo daqui a pouco.

Um lindo caranguejinho!, pensou Alice. *Eu gostaria disso.*

— Você não me ouviu dizer "Pena"? — gritou a Ovelha com raiva, pegando um monte de agulhas.

— Ouvi, sim — respondeu Alice. — Você falou muitas vezes... e muito alto. Por favor, onde *estão* os caranguejos?

— Na água, claro! — disse a Ovelha, enfiando algumas agulhas no cabelo, pois as mãos estavam ocupadas. — Pena, eu digo!

— *Por que* você diz "pena" com tanta frequência? — perguntou Alice por fim, um tanto frustrada. — Eu não sou um pássaro!

— É, sim — retrucou a Ovelha. — Você é um pequeno ganso.

Isso ofendeu Alice um pouco, e não houve conversa por um minuto ou dois, enquanto o barco deslizava devagar, às vezes entre algas (que faziam os remos grudarem na água, mais do que nunca) e às vezes debaixo de árvores, mas sempre com as mesmas margens altas de rio se curvando sobre as cabeças delas.

— Ah, por favor! São juncos aromáticos! — exclamou Alice em um momento repentino de deleite. — São mesmo... e *tão* lindos!

— Não precisa dizer "por favor" para *mim* por causa deles — disse a Ovelha, sem erguer os olhos do tricô. — Eu não os coloquei lá e não vou tirá-los.

— Não, mas eu quis dizer... por favor, podemos esperar e colher alguns? — suplicou Alice. — Se não se importar de parar o barco um minuto.

— Como é que *eu* vou pará-lo? — indagou a Ovelha. — Se você parar de remar, vai parar sozinho.

O barco ficou à deriva pelo riacho até deslizar devagar entre os juncos oscilantes. E aí, as manguinhas foram enroladas com cuidado, e os bracinhos foram enfiados nos juncos bem fundo, até os cotovelos, a fim de quebrá-los... e por um tempo Alice se esqueceu da Ovelha e do tricô ao se curvar pela lateral do barco, só com as pontas do cabelo embaraçado mergulhando na água... enquanto, com olhos ávidos e brilhantes, pegava um ramo após o outro dos adorados juncos aromáticos.

Só espero que o barco não vire!, disse para si mesma. *Ah, que lindo! Só que não consegui alcançar.* E de fato *pareceu* meio instigante (*quase como se tivesse acontecido de propósito*, pensou ela) que, apesar de ter conseguido pegar vários lindos juncos quando o barco passou, sempre havia um mais belo que ela não conseguia alcançar.

— Os mais bonitos estão sempre mais longe! — exclamou por fim, com um suspiro pela obstinação dos juncos de crescerem tão distantes, enquanto, com as bochechas ruborizadas e o cabelo e as mãos pingando, ela voltava para o lugar e começava a arrumar os tesouros recém-encontrados.

Que importância tinha para ela naquele momento que os juncos tinham começado a murchar e a perder todo o aroma e beleza desde o momento em que os colheu? Até juncos aromáticos de verdade duram bem pouco... e aqueles, por serem juncos de sonhos, derreteram quase como neve, caídos em pilhas aos pés dela. Mas Alice mal reparou nisso, pois havia tantas outras coisas curiosas em que pensar.

Elas não tinham ido muito longe quando a lâmina de um dos remos ficou presa na água e *não* soltava de jeito nenhum (foi o que Alice explicou depois), e o resultado foi que o cabo bateu debaixo do queixo dela, e, apesar de uma série de gritinhos de "Ah, ah, ah!" da pobre Alice, derrubou-a do assento e a jogou na pilha de juncos.

Entretanto, ela não se machucou e logo voltou a se levantar. A Ovelha continuou tricotando o tempo todo, como se nada tivesse acontecido.

— Que belo caranguejo você pegou! — comentou ela quando Alice voltou para o lugar, muito aliviada de ainda se encontrar no barco.

— Era? Eu não vi — disse Alice, espiando com cautela por cima da lateral do barco, dentro da água escura. — Queria não ter soltado; gostaria tanto de avistar um caranguejinho para levar para casa comigo!

Mas a Ovelha só riu com escárnio e continuou tricotando.

— Tem muitos caranguejos aqui? — perguntou Alice.

— Caranguejos e todo tipo de coisas — disse a Ovelha. — Tem muitas opções, é só escolher. Agora, o que você *quer* comprar?

— Comprar! — ecoou Alice em um tom que foi meio atônito e meio assustado; pois os remos, o barco e o rio tinham desaparecido em um instante, e ela estava mais uma vez na lojinha escura.

— Eu gostaria de comprar um ovo, por favor — disse ela com timidez. — Como você os vende?

— Cinco centavos por um... Dois centavos por dois — respondeu a Ovelha.

— Então dois são mais baratos que um? — perguntou Alice em tom de surpresa, pegando a carteira.

— Só que você *precisa* comer os dois se comprar dois — avisou a Ovelha.

— Então quero *um*, por favor — disse Alice enquanto colocava dinheiro no balcão. Pois ela pensou com seus botões: *Podem não estar bons.*

A Ovelha pegou o dinheiro e guardou em uma caixa; em seguida, disse:

— Eu nunca coloco as coisas nas mãos das pessoas, isso não é bom. Você precisa ir buscar você mesma. — E, ao dizer isso, foi até a outra ponta da loja e colocou o ovo de pé em uma prateleira.

Por que *será que não é bom?*, pensou Alice enquanto andava tateando entre mesas e cadeiras, pois a loja estava muito escura do outro lado. *O ovo parece ficar cada vez mais longe quanto mais ando na direção dele. Vamos ver, isto é uma cadeira? Ora, tem galhos, posso jurar! Que estranho encontrar árvores crescendo aqui! E aqui tem um riacho! Ora, é a loja mais esquisita que já vi!*

*   *   *   *   *   *
  *   *   *   *   *
*   *   *   *   *   *

Ela seguiu adiante, pensando sobre tudo aquilo mais e mais a cada passo, enquanto tudo virava árvore quando ela se aproximava, e ela até esperava que o ovo fizesse o mesmo.

HUMPTY DUMPTY

Entretanto, o ovo só ficou maior e maior, e mais e mais humano. Quando chegou a poucos metros dele, ela viu que ele tinha olhos e nariz e boca; e, quando chegou bem perto, viu com clareza que era o próprio HUMPTY DUMPTY. *Não pode ser outra pessoa!*, disse para si mesma. *Tenho certeza, como se o nome estivesse escrito na cara dele.*

Poderia estar escrito cem vezes, com facilidade, naquela cara enorme. Humpty Dumpty estava sentado de pernas cruzadas, como um turco, em cima de um muro alto, um muro tão estreito que Alice ficou pensando como ele conseguia manter o equilíbrio, e, como os olhos dele estavam fixados com firmeza na direção oposta, e ele não prestou a menor atenção nela, ela achou que ele devia ser de pelúcia, afinal.

— E como é parecido com um ovo! — exclamou ela em voz alta, parada, com as mãos preparadas para segurá-lo, pois esperava a cada momento que ele caísse.

— É *muita* provocação — disse Humpty Dumpty depois de um longo silêncio, olhando para longe de Alice enquanto falava — ser chamado de ovo... *Muita!*

— Eu falei que se *parecia* com um ovo, senhor — explicou Alice com gentileza. — E alguns ovos são muito bonitos, sabia? — acrescentou, na esperança de transformar o comentário em uma espécie de elogio.

— Algumas pessoas — retrucou Humpty Dumpty, olhando para longe dela, como de hábito — são tão sem noção quanto um bebê!

Alice não sabia o que responder a isso. Não parecia uma conversa de maneira alguma, pensou ela, pois ele não dizia nada para *ela*; de fato, era evidente que o último comentário fora direcionado para uma árvore, então ela continuou ali e repetiu baixinho para si:

> *"Humpty Dumpty no muro subiu;*
> *Humpty Dumpty do muro caiu.*
> *Os cavalos e homens do Rei decidiram se juntar*
> *Mas não conseguiram botar Humpty Dumpty de volta no lugar."*

— O último verso é comprido demais para a poesia — acrescentou ela, quase em voz alta, esquecendo que Humpty Dumpty a ouviria.

— Não fica aí falando sozinha — disse Humpty Dumpty, olhando para ela pela primeira vez —, mas me diga seu nome e o que deseja.

— Meu *nome* é Alice, mas...

— É um nome bem bobo! — interrompeu-a Humpty Dumpty com certa impaciência. — O que significa?

— Um nome *precisa* significar alguma coisa? — perguntou Alice, em dúvida.

— Claro que precisa — disse Humpty Dumpty com uma risada breve. — *Meu* nome significa o formato que eu tenho... e que belo formato é. Com um nome como o seu, você pode ter qualquer formato, quase.

— Por que você fica aí sozinho? — perguntou Alice, sem querer começar uma discussão.

— Ora, porque não tem ninguém comigo! — exclamou Humpty Dumpty. — Você achou que eu não sabia *essa* resposta? Pergunte outra coisa.

— Você não acha que estaria mais seguro no chão? — continuou Alice, sem nenhuma inspiração para fazer outra charada, mas apenas com preocupação bem-intencionada com a criatura esquisita. — Esse muro é *tão* estreito!

— Que charadas tremendamente fáceis você faz! — rosnou Humpty Dumpty. — Mas é claro que discordo! Ora, se eu *caísse*, e não há a menor chance disso, mas, *se* caísse... — Nesse momento, ele repuxou os lábios e fez uma expressão tão solene e grandiosa que Alice quase não conseguiu segurar a risada. — *Se* eu caísse — continuou ele —, *o Rei me prometeu... da própria boca...* de... de...

— De mandar todos os cavalos e todos os homens dele — interrompeu-o Alice em uma decisão não muito sábia.

— Eu digo que isso é péssimo! — gritou Humpty Dumpty, irrompendo em repentino ardor. — Você anda ouvindo atrás de portas... e atrás de árvores... e por chaminés..., senão não teria como saber!

— Eu não ouvi, mesmo! — insistiu Alice com muita gentileza. — Está em um livro.

— Ah, ora! Podem escrever coisas assim em um *livro* — disse Humpty Dumpty em tom mais calmo. — É isso que se chama História da Inglaterra, isso sim. Agora, dê uma boa olhada em mim! Fui eu quem falou com um Rei, *eu*; talvez você nunca volte a ver alguém assim. E, para mostrar que não sou orgulhoso, pode apertar minha mão!

E ele sorriu quase de orelha a orelha ao se inclinar para a frente (e por muito pouquinho não caiu do muro ao fazer isso) e ofereceu a mão a Alice. Ela o olhou com certa preocupação quando a apertou. *Se ele sorrisse muito mais, os cantos da boca talvez se encontrassem atrás*, pensou ela. *E aí não sei o que aconteceria com a cabeça dele! Achei que fosse cair!*

— Sim, todos os cavalos e todos os homens — continuou Humpty Dumpty. — Eles me pegariam em um minuto, *pegariam*! Entretanto, esta conversa está indo um pouco rápido demais; vamos voltar para o penúltimo comentário.

— Infelizmente, não consigo lembrar qual foi — disse Alice com muita educação.

— Nesse caso, recomecemos — declarou Humpty Dumpty —, e é minha vez de escolher o assunto... — (*Ele fala como se fosse um jogo!*, pensou Alice.) — Eis uma pergunta para você. Quantos anos disse que tinha?

Alice fez um cálculo rápido e respondeu:

— Sete anos e seis meses.

— Errado! — exclamou Humpty Dumpty com triunfo. — Você nunca disse nada assim!

— Pensei que você quisesse dizer "Quantos anos você *tem*?" — explicou Alice.

— Se eu quisesse dizer isso, teria dito isso — retrucou Humpty Dumpty.

Alice não queria começar outra discussão e por isso não falou nada.

— Sete anos e seis meses! — repetiu Humpty Dumpty, pensativo. — Uma idade incômoda. Agora, se pedisse o *meu* conselho, eu teria dito "Pare no sete...". Mas é tarde demais agora.

— Eu nunca peço conselho sobre crescer — disse Alice com indignação.

— Orgulho? — perguntou o outro.

Alice ficou ainda mais indignada com essa sugestão.

— Quero dizer — disse ela — que uma pessoa não pode evitar ficar mais velha.

— *Uma* talvez não — rebateu Humpty Dumpty —, mas *duas* podem. Com auxílio adequado, você poderia ter parado no sete.

— Que cinto lindo você está usando! — comentou Alice de repente.

(Eles já tinham falado demais sobre o assunto idade, pensou ela. E, se iam mesmo se revezar para escolher o assunto, era a vez dela agora.)

— Pelo menos — corrigiu-se ela ao pensar melhor —, uma linda gravata, eu deveria ter dito... não, cinto, quero dizer... peço perdão! — acrescentou, consternada, pois Humpty Dumpty parecia de fato ofendido, e ela começou a desejar não ter escolhido aquele assunto. *Se ao menos eu soubesse*, pensou consigo, *o que era pescoço e o que era cintura!*

Era evidente que Humpty Dumpty ficou muito zangado, embora não tenha dito nada por um minuto ou dois. Quando *falou* de novo, foi com um rosnado grave.

— É... *muita... provocação...* — disse ele por fim — quando uma pessoa não sabe diferenciar uma gravata de um cinto!

— Sei que é muita ignorância minha — afirmou Alice, com tom tão humilde que Humpty Dumpty cedeu.

— É uma gravata, criança, e uma bem bonita, como você diz. Foi presente do Rei e da Rainha Branca. Pronto!

— É mesmo? — disse Alice, satisfeita de descobrir que *tinha* escolhido um bom assunto, afinal.

— Eles me deram — continuou Humpty Dumpty, pensativo, enquanto cruzava um joelho sobre o outro e unia as mãos em volta dele —, eles me deram... como presente de desaniversário.

— Perdão? — indagou Alice com ar intrigado.

— Não estou ofendido — disse Humpty Dumpty.

— Quero dizer, o que é um presente de desaniversário?

— Um presente dado quando não é seu aniversário, claro.

Alice refletiu um pouco.

— Gosto mais de presentes de aniversário — disse ela por fim.

— Você não sabe o que diz! — exclamou Humpty Dumpty. — Quantos dias existem em um ano?

— Trezentos e sessenta e cinco — disse Alice.

— E quantos aniversários você faz?

— Um.

— E se você tirar um de trezentos e sessenta e cinco, o que resta?

— Trezentos e sessenta e quatro, claro.

Humpty Dumpty pareceu em dúvida.

— Prefiro conferir isso no papel — disse ele.

Alice não pôde deixar de sorrir quando pegou seu caderninho de notas e fez a conta para ele:

$$\begin{array}{r} 365 \\ -1 \\ \hline 364 \end{array}$$

Humpty Dumpty pegou o caderno e o observou com atenção.

— Isso parece estar correto... — começou ele.

— Você está segurando de cabeça para baixo! — interrompeu-o Alice.

— Claro que estava! — disse Humpty Dumpty com alegria quando ela o virou para ele. — Achei que estava meio estranho. Como eu estava dizendo, *parece* estar correto,

apesar de eu não ter tempo de olhar em detalhes agora, e isso mostra que sobram trezentos e sessenta e quatro dias em que você pode receber presentes de desaniversário...

— Com certeza — disse Alice.

— E só *um* para presentes de aniversário, sabe? Aí está a glória para você!

— Não sei o que você quer dizer com "glória" — disse Alice.

Humpty Dumpty sorriu com desdém.

— Claro que não sabe... até eu contar. Eu quis dizer "aí está um belo argumento convincente para você"!

— Mas "glória" não significa "belo argumento convincente" — protestou Alice.

— Quando *eu* uso uma palavra — disse Humpty Dumpty com um tom meio arrogante —, ela significa o significado que eu escolher, nem mais nem menos.

— A questão é — insistiu Alice — se você *pode* fazer as palavras significarem tantas coisas diferentes.

— A questão é — rebateu Humpty Dumpty — quem é que manda... só isso.

Alice ficou intrigada demais para dizer alguma coisa, e depois de um minuto Humpty Dumpty recomeçou.

— Elas têm temperamento, algumas delas... em particular os verbos, os mais orgulhosos. Com os adjetivos dá para fazer qualquer coisa, mas não com os verbos. Entretanto, *eu* consigo mandar em todos! Impenetrabilidade! É o que *eu* digo!

— Você pode fazer a gentileza de me dizer o que isso significa? — pediu Alice.

— Você fala como uma criança sensata — disse Humpty Dumpty, parecendo muito satisfeito. — Com "impenetrabilidade", eu quis dizer que já falamos o suficiente sobre o assunto e que seria melhor se você mencionasse o que pretende fazer agora, pois acho que não tem a intenção de ficar parada aqui pelo resto da vida.

— É muita coisa para fazer uma palavra significar — comentou Alice em tom pensativo.

— Quando eu faço uma palavra trabalhar muito assim — disse Humpty Dumpty —, sempre pago a mais.

— Ah! — exclamou Alice. Ela ficou intrigada demais para fazer outro comentário.

— Ah, você tinha que ver quando elas me cercam nas noites de sábado — prosseguiu Humpty Dumpty, balançando a cabeça com seriedade de um lado para o outro — para receber o pagamento.

(Alice não se aventurou a perguntar com o que ele as pagava; e por isso você pode ver que não tenho como contar para *você*.)

— Você parece muito inteligente em explicar palavras, senhor — elogiou Alice. — Poderia fazer o favor de me contar o significado do poema chamado "Jaguadarte"?

— Recite-o — disse Humpty Dumpty. — Sei explicar todos os poemas que já foram inventados... e muitos dos que ainda não foram.

A ideia a encheu de esperança, e Alice recitou a primeira estrofe:

"Era grepúsculo, e os agicosos telagrolhas
Rodogiravam e verfuravam no gigalado;
Bem miserágeis estavam os borogovos,
E os verdos ditação chilbradavam."

— Já é o suficiente para começar — interrompeu-a Humpty Dumpty. — Há palavras difíceis demais aí. "*Grepúsculo*" significa quatro horas da tarde, a hora em que começamos a *grelhar* as coisas para o jantar.

— Excelente explicação — disse Alice. — E "*agicoso*"?

— Bem, *"agicoso"* significa "ágil e viscoso". "Ágil" é a mesma coisa que "ativo". É tipo uma aglutinação: são dois significados reunidos em uma palavra.

— Agora eu entendi — comentou Alice, pensativa. — E o que são *"telagrolhas"*?

— Bem, *"telagrolhas"* são parecidos com texugos..., parecidos com lagartos... e parecidos com saca-rolhas.

— Devem ser criaturas de aparência muito curiosa.

— São mesmo — disse Humpty Dumpty. — E eles fazem ninho debaixo de relógios de sol... e vivem de queijo.

— E o que é *"rodogiravam"* e *"verfuravam"*?

— *"Rodogirar"* é girar em círculos, como um giroscópio. E *"verfurar"* é perfurar buracos como uma verruma.

— E o *"gigalado"* é a área gramada em volta de um relógio de sol, imagino? — disse Alice, surpresa com a própria engenhosidade.

— Claro que sim. Chama-se *"gigalado"*, entende, porque é gigante na frente e gigante atrás...

— E gigante para todos os lados — acrescentou Alice.

— Isso mesmo. Bem, *"miserágil"* é "frágil e miserável", mais uma aglutinação para você. E um *"borogovo"* é um passarinho magrinho de aparência maltrapilha com as penas todas espalhadas e descabeladas... parecendo um esfregão vivo.

— E os *"verdos"*? — perguntou Alice. — Acho que estou lhe dando muito trabalho.

— Bem, *"verdo"* é uma espécie de porco verde; mas *"forada"* não tenho muita certeza. Acho que é abreviatura de "da morada", o que significa que eles tinham se perdido, entende?

— E o que *"chilbradavam"* significa?

— Bom, *"chilbradar"* é algo entre berrar e assoviar, com um tipo de espirro no meio; entretanto, você vai ouvir quando fizerem isso, quem sabe, no bosque ali na frente, e quando tiver ouvido pela primeira vez, vai ficar *bem* contente. Quem anda dizendo essas coisas difíceis para você?

— Li num livro — respondeu Alice. — Mas já recitaram poesia para mim, coisas bem mais simples do que isso. Foi... Tweedledee, acho.

— No que diz respeito à poesia, sabe — disse Humpty Dumpty, esticando uma das mãos enormes —, *eu* sei recitar poesia tão bem quanto outras pessoas, se essa for a questão...

— Ah, não precisa ser uma questão! — disse Alice depressa, torcendo para conseguir impedir que ele começasse.

— O trecho que vou recitar — prosseguiu ele, sem dar atenção ao comentário dela — foi escrito todo para sua diversão.

Alice achou que, nesse caso, ela *tinha* que escutar, então se sentou e disse "Obrigada" com certa tristeza.

"No inverno, os campos brancos até mais ver,
Eu canto esta canção para o seu prazer..."

— Só que eu não canto — acrescentou ele, a título de explicação.

— Estou vendo que não — disse Alice.

— Se consegue *ver* se estou cantando ou não, você tem olhos mais afiados que a maioria — comentou Humpty Dumpty com severidade. Alice ficou em silêncio.

"Na primavera, com os bosques verdejando,
Vou tentar explicar o que estou falando."

— Muito obrigada — disse Alice.

"No verão, quando os dias longos são,
Talvez você entenda esta canção:

No outono, quando escurecem folha e relva,
Pegue uma caneta e tinta e escreva."

— Farei isso se conseguir lembrar por tanto tempo — disse Alice.

— Não precisa ficar fazendo comentários assim — disse Humpty Dumpty. — Não são sensatos e me incomodam.

"Para os peixes, mandei recado sincero:
Falei para eles: 'É isso que eu quero'.

Os peixinhos que moram no mar
Uma resposta mandaram me entregar.

O que os peixinhos mandaram dizer:
'Isso, senhor, não vai dar para fazer...'"

— Acho que não entendi — disse Alice.

— Fica mais fácil mais para a frente — respondeu Humpty Dumpty.

"Mandei nova mensagem para dizer
Que achava melhor obedecer.

Os peixes deram uma risada,
'Ora, que resposta mal-humorada!'

Eu falei uma vez, repeti em seguida:
Eles não quiseram ouvir a dica.

Peguei uma chaleira grande, novinha,
Perfeita para a ideia que eu tinha.

Meu coração pulou; peguei a chaleira;
Meu coração bateu, e a enchi na torneira.

Uma pessoa veio até mim para falar,
'Os peixinhos já foram se deitar.'

Eu apenas respondi, com rispidez,
'Pode acordá-los mais uma vez.'

Falei bem alto e sem ruído;
Cheguei até a gritar no ouvido."

Humpty Dumpty ergueu a voz até quase um grito quando recitou essa estrofe, e Alice pensou com um tremor: *Eu não teria sido mensageira de* nada!

"Mas ele era firme e com orgulho sem fim;
E falou: 'Não precisa gritar alto assim!'

E ele tinha orgulho e disse,
Firme: 'Eu os acordaria se...'

Peguei um saca-rolha na estante,
E fui acordá-los num instante.

E quando a porta trancada vi,
Empurrei, puxei, chutei e bati.

E quando a porta fechada encontrei,
Tentei girar a maçaneta, mas, ei..."

Houve uma longa pausa.

— Isso é tudo? — perguntou Alice, acanhada.

— Isso é tudo — disse Humpty Dumpty. — Adeus.

Isso foi um tanto súbito, pensou Alice; mas, depois de uma dica *tão* forte de que deveria ir embora, achou que não seria educado ficar. Ela se levantou e ofereceu a mão.

— Adeus, até nosso próximo encontro! — disse ela do jeito mais alegre que conseguiu.

— Eu não a reconheceria se nos encontrássemos mais uma vez — respondeu Humpty Dumpty em tom insatisfeito, dando a ela um dos dedos para ser apertado. — Você é igualzinha às outras pessoas.

— O rosto é o que identifica, em geral — comentou Alice em tom pensativo.

— É bem disso que eu reclamo — retrucou Humpty Dumpty. — Seu rosto é igual ao que todo mundo tem, dois olhos, assim... — (mostrando os lugares no ar com o polegar) —, o nariz no meio, a boca embaixo. É sempre a mesma coisa. Mas, se você tivesse os dois olhos do mesmo lado do nariz, por exemplo, ou a boca no alto, isso sim ajudaria um *pouco*.

— Não ficaria bonito — protestou Alice.

Mas Humpty Dumpty só fechou os olhos e disse:

— Espere até ter tentado.

Alice aguardou um minuto para ver se ele falaria de novo, mas, como ele não voltou a abrir os olhos nem deu atenção a ela, ela disse "Adeus!" de novo e, sem receber uma resposta, saiu andando em silêncio. Mas não pôde deixar de dizer a si mesma enquanto andava:

— De todas as pessoas insatisfatórias... — (repetiu em voz alta, e foi um grande consolo ter uma palavra tão grande assim para dizer) — ... de todas as pessoas insatisfatórias que *já* conheci...

Ela não terminou a frase, pois, nesse momento, um estrondo alto sacudiu a floresta de uma ponta à outra.

O LEÃO E O UNICÓRNIO

No momento seguinte, soldados vieram correndo pelo bosque, primeiro em pares e trios, depois dez ou vinte de uma vez, e por fim em uma multidão que parecia encher a floresta toda. Alice ficou atrás de uma árvore, por medo de ser pisoteada, e os viu passar.

Ela pensou que em toda a vida nunca tinha visto tantos soldados com passos tão inseguros; eles ficavam sempre tropeçando em uma coisa ou outra, e toda vez que um caía, vários outros caíam por cima, e o chão logo ficou coberto com pequenas pilhas de homens.

Em seguida, vieram os cavalos. Tendo quatro patas, eles se saíram um pouco melhor do que os soldados a pé; mas até *eles* tropeçavam de vez em quando. E parecia ser uma regra comum que, sempre que um cavalo tropeçava, o cavaleiro caía na mesma hora. A confusão foi piorando a cada instante, e Alice ficou muito feliz de sair do bosque para um lugar aberto, onde encontrou o Rei Branco sentado no chão, ocupado escrevendo em seu livro de memorandos.

— Eu mandei todos! — gritou o Rei em tom de deleite ao ver Alice. — Você por acaso encontrou algum soldado ao passar pelo bosque, minha querida?

— Encontrei, sim — respondeu Alice. — Vários milhares, acho.

— Quatro mil duzentos e sete, esse é o número exato — disse o Rei, consultando o caderno. — Não consegui mandar todos os cavalos, entende, porque dois são necessários no jogo. E também não mandei dois Mensageiros. Eles foram para a cidade. Olhe a estrada e me diga se vê algum deles.

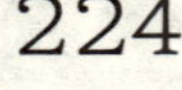

— Não tem ninguém na estrada — falou Alice.

— Eu só queria *ter* esses olhos — comentou o Rei em tom agitado. — Conseguir ver Ninguém! E de longe assim! Ora, *eu* mal consigo ver gente de verdade com essa luz!

Isso se perdeu para Alice, que ainda estava olhando a estrada com atenção, protegendo os olhos com uma das mãos.

— Estou vendo alguém agora! — exclamou ela por fim. — Mas ele está vindo muito devagar... e que gestos curiosos faz! — (Pois o Mensageiro ficava saltitando e se sacudindo como uma enguia ao caminhar, com as mãos grandes abertas feito leques de cada lado.)

— De jeito nenhum — disse o Rei. — Ele é um Mensageiro anglo-saxão... e esses são gestos anglo-saxônicos. Ele só faz isso quando está feliz. O nome dele é Haigha. — (Ele o pronunciou de maneira que rimasse com “meia”.)

— Eu amo meu amor com H. — Alice não conseguiu se conter. — Porque ele é Heroico. Eu o odeio com H porque ele é Hediondo. Eu dei para ele comer... comer... comer Hortaliças e Hortelã. O nome dele é Haigha, e ele mora...

— Ele mora na Horta — comentou o Rei com simplicidade, sem ter a menor ideia de que estava entrando no jogo, enquanto Alice ainda procurava um nome de lugar começando com H. — O outro Mensageiro se chama Hatta. Eu preciso ter *dois*, sabe... para ir e vir. Um para ir e outro para vir.

— Perdão? — perguntou Alice.

— Não é respeitável ficar pedindo perdão — disse o Rei.

— Eu só quis dizer que não entendi — explicou Alice. — Por que um para ir e um para vir?

— Eu não falei? — repetiu o Rei com impaciência. — Eu preciso de *dois*... para buscar e carregar. Um para buscar e outro para carregar.

Nesse momento, o Mensageiro chegou. Ele estava sem fôlego demais para dizer uma palavra e só conseguiu balançar a mão e fazer caras temerosas para o pobre Rei.

— Essa jovem ama você com um H — disse o Rei, apresentando Alice na esperança de afastar a atenção do Mensageiro de si. Mas não adiantou; as atitudes do anglo-saxão só foram ficando mais e mais extraordinárias, enquanto os grandes olhos rolavam desvairados de um lado para o outro.

— Você me alarma! — disse o Rei. — Acho que vou desmaiar... Dê-me um sanduíche de presunto!

Nisso, o Mensageiro, para a grande diversão de Alice, abriu uma bolsa que estava pendurada em seu pescoço e entregou um sanduíche para o Rei, que o devorou com avidez.

— Outro sanduíche! — exigiu o Rei.

— Só tem feno agora — disse o Mensageiro, olhando dentro da bolsa.

— Feno, então — murmurou o Rei em um sussurro suave.

Alice ficou feliz de ver que aquilo o reviveu bastante.

— Não tem nada como comer feno quando se está quase desmaiando — comentou ele para a menina enquanto mastigava.

— Eu acharia que jogar água fria seria melhor — sugeriu Alice. — Ou algum sal de cheiro.

— Não falei que não havia nada *melhor* — respondeu o Rei. — Eu disse que não havia nada *como* isso.

Isso Alice não se aventurou a negar.

— Por quem você passou na estrada? — perguntou o Rei, esticando a mão para pegar mais feno com o Mensageiro.

— Ninguém — disse o Mensageiro.

— Isso mesmo — prosseguiu o Rei. — Essa jovem também o viu. Então é claro que Ninguém anda mais devagar que você.

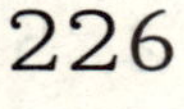

— Faço o melhor que posso — respondeu o Mensageiro em tom emburrado. — Tenho certeza de que ninguém anda mais rápido que eu!

— Ele não consegue fazer isso — disse o Rei —, senão teria chegado aqui primeiro. Mas agora que você recuperou o fôlego, pode nos contar o que aconteceu na cidade.

— Vou cochichar — falou o Mensageiro, colocando as mãos em volta da boca na forma de um trompete e se inclinando para chegar perto do ouvido do Rei. Alice lamentou isso, pois também queria ouvir a novidade. Mas, em vez de cochichar, ele apenas gritou a plenos pulmões: — Eles começaram de novo!

— Você chama *isso* de cochicho? — gritou o pobre Rei, pulando e se sacudindo. — Se fizer isso de novo, vou mandar passar manteiga em você! Atravessou minha cabeça como um terremoto!

Teria que ser um terremoto bem pequenininho!, pensou Alice.

— Quem começou de novo? — arriscou-se ela a perguntar.

— Ora, o Leão e o Unicórnio, claro — disse o Rei.

— Lutando pela coroa?

— Sim, claro — confirmou o Rei. — E a melhor parte da piada é que a coroa é *minha*! Vamos correr para vê-los. — E eles saíram correndo.

Alice repetiu para si mesma, enquanto corria, a letra da antiga música:

"O Leão e o Unicórnio pela coroa começaram a brigar:
O Leão bateu no Unicórnio pela cidade sem parar.
Uns lhes deram pão branco, outros de centeio preferiram dar;
Uns deram bolo de ameixa para da cidade os expulsar."

— O... que... vencer... fica... com a coroa? — perguntou ela da melhor forma que pôde, pois a corrida a estava deixando sem fôlego.

— Minha nossa, não! — respondeu o Rei. — Que ideia!

— O senhor... faria a... gentileza... — pediu Alice, ofegante, depois de correr mais um pouco — ... de parar... só um minuto... para... recuperar o fôlego?

— Eu estou ótimo — disse o Rei —, só que não sou forte o bastante. É que um minuto passa rápido demais. Melhor tentar parar um Bandersnatch!

Alice não tinha mais fôlego para falar, e eles trotaram em silêncio até encontrarem uma multidão, no meio da qual o Leão e o Unicórnio brigavam. Eles estavam no meio de uma nuvem tão grande de poeira, que no começo Alice não conseguiu identificar qual era qual. Mas ela logo conseguiu distinguir o Unicórnio pelo chifre.

Eles se colocaram perto de onde Hatta, o outro mensageiro, estava observando a briga, com uma xícara de chá em uma das mãos e um pedaço de pão com manteiga na outra.

— Ele acabou de sair da prisão e não tinha terminado o chá quando foi chamado — sussurrou Haigha para Alice. — E só dão a concha da ostra lá, dá para ver que ele está com muita fome e sede. Como você está, criança querida? — continuou ele, passando o braço de maneira afetuosa pelo pescoço de Hatta.

Hatta olhou em volta e assentiu, e continuou comendo o pão com manteiga.

— Você foi feliz na prisão, querida criança? — indagou Haigha.

Hatta olhou em volta de novo, e dessa vez uma lágrima ou duas escorreram pela bochecha dele; mas nem uma palavra ele disse.

— Não dá para falar nada, não? — gritou Haigha com impaciência. Mas Hatta só continuou mastigando e tomou mais chá.

— Não vai falar nada, não? — gritou o Rei. — Como eles estão na briga?

Hatta fez um esforço desesperado e engoliu um pedaço grande de pão com manteiga.

— Estão se dando muito bem — disse ele, com voz engasgada. — Cada um deles já caiu umas oitenta e sete vezes.

— Então acho que daqui a pouco vão trazer o pão branco e o de centeio? — arriscou-se Alice a comentar.

— Estão os esperando agora mesmo — disse Hatta. — É um pedaço disso que estou comendo.

Houve uma pausa na briga nessa hora, e o Leão e o Unicórnio se sentaram, ofegantes, enquanto o Rei gritava:

— Dez minutos para um lanchinho!

Haigha e Hatta começaram a trabalhar na mesma hora, carregando bandejas de pão branco e de centeio. Alice pegou um pedaço para provar, mas estava *muito* seco.

— Acho que eles não vão lutar mais hoje — disse o Rei para Hatta. — Vá mandar que os tambores comecem.

E Hatta foi saltitando como um gafanhoto.

Por um minuto ou dois, Alice ficou em silêncio, olhando para ele. De repente, ela se animou.

— Olhe, olhe! — gritou ela, apontando com entusiasmo. — Ali está a Rainha Branca correndo pelo campo! Ela veio voando daquele bosque lá longe... Como essas Rainhas correm *rápido*!

— Tem algum inimigo atrás dela, sem dúvida — disse o Rei sem nem olhar. — Aquele bosque está cheio deles.

— Mas você não vai correr para ajudá-la? — perguntou Alice, muito surpresa de ele aceitar isso com tanta tranquilidade.

— Não adianta, não adianta! — exclamou o Rei. — Ela corre rápido demais. É mais fácil tentar pegar um Bandersnatch! Mas vou fazer um memorando sobre ela se quiser... Ela é uma criatura boa e querida — disse ele baixinho para si mesmo quando abriu o livro de memorandos. — "Criatura" se escreve com "ia"?

Nesse momento, o Unicórnio passou por eles, com as mãos nos bolsos.

— Fui melhor que ele dessa vez? — perguntou ao Rei, olhando para ele ao passar.

— Um pouco... um pouco — respondeu o Rei com certo nervosismo. — Você não deveria ter enfiado o chifre nele, sabe?

— Não o machucou — disse o Unicórnio com descaso, e estava seguindo em frente quando por acaso bateu os olhos em Alice. Ele se virou na mesma hora e ficou por um tempo olhando para ela com ar de mais profunda repulsa. — O que... é... isso? — perguntou ele por fim.

— Isso é uma criança! — respondeu Haigha com entusiasmo, parando na frente de Alice para apresentá-la, abrindo as duas mãos na direção dela em uma atitude bem anglo-saxônica. — Nós a encontramos hoje. Vivinha da Silva e duas vezes mais natural!

— Sempre achei que eram monstros fabulosos! — disse o Unicórnio. — Está viva, então?

— Sabe falar — respondeu Haigha de maneira solene.

O Unicórnio olhou para Alice com uma expressão sonhadora e disse:

— Fale, criança.

Alice não conseguiu impedir que os lábios se curvassem em um sorriso quando começou a falar:

— Sabe que sempre achei que Unicórnios eram monstros fabulosos também? Eu nunca tinha visto um vivo!

— Bom, agora que nós nos *vimos* — disse o Unicórnio —, você vai acreditar em mim e eu vou acreditar em você. Está combinado?

— Sim, se quiser — respondeu Alice.

— Vá pegar o bolo de ameixa, meu velho! — disse o Unicórnio, virando-se dela para o Rei. — Nada do seu pão de centeio para mim!

— Com certeza, com certeza! — murmurou o Rei, e fez sinal para Haigha. — Abra a bolsa! — sussurrou ele. — Rápido! Não aquela..., aquela está cheia de feno!

Haigha tirou um bolo grande da bolsa e o deu para Alice segurar enquanto pegava um prato e uma faca. Como todos couberam lá, Alice não tinha ideia. Foi como um truque de conjuração, pensou ela.

O Leão tinha se juntado a eles enquanto isso acontecia: ele parecia muito cansado e sonolento, e os olhos estavam meio fechados.

— O que é isso? — indagou ele, piscando com preguiça na direção de Alice e falando em um tom grave e vazio que parecia o soar de um sino enorme.

— Ah, o que é? — gritou o Unicórnio, empolgado.

— Você nunca vai adivinhar! *Eu* não consegui.

O Leão olhou para Alice com cautela.

— Você é animal... vegetal... ou mineral? — perguntou ele, bocejando a cada duas palavras.

— É um monstro fabuloso! — gritou o Unicórnio antes que Alice pudesse responder.

— Então entregue o bolo de ameixa, Monstro — disse o Leão, deitando-se e apoiando o queixo nas patas. — E sentem-se, vocês dois — (para o Rei e o Unicórnio). — Sejam justos com o bolo!

Era evidente que o Rei estava muito incomodado de ter de se sentar entre as duas grandes criaturas, mas não havia outro lugar para ele.

— Que luta podemos ter pela coroa *agora*! — disse o Unicórnio, olhando com malícia para a coroa, que o pobre Rei estava quase deixando cair da cabeça de tanto que tremia.

— Eu devo vencer com facilidade — comentou o Leão.

— Não tenho tanta certeza disso — rebateu o Unicórnio.

— Ora, eu venci você por toda cidade sem parar, seu covarde! — respondeu o Leão com raiva, meio que se levantando enquanto falava.

Nesse momento, o Rei o interrompeu para impedir que a discussão continuasse; ele estava muito nervoso e sua voz tremeu bastante.

— Por toda cidade? — repetiu ele. — É muita coisa. Você foi pela ponte antiga ou pelo mercado? A melhor vista é da ponte antiga.

— Com certeza, não faço ideia — rosnou o Leão ao se deitar de novo. — Tinha tanta poeira que não dava para ver nada. Como o Monstro está demorando para cortar o bolo!

Alice tinha se sentado na margem de um riacho com o prato grande nos joelhos e estava cortando com esmero, usando a faca.

— É muito instigante! — disse ela em resposta ao Leão (ela estava se acostumando a ser chamada de "Monstro"). — Já cortei várias fatias, mas elas sempre se juntam de novo!

— Você não sabe cortar bolos do Espelho — comentou o Unicórnio. — Primeiro você distribui e depois corta.

Isso pareceu absurdo, mas Alice foi obediente e ficou de pé; e carregou o prato, oferecendo-o, e o bolo se dividiu em três pedaços quando fez isso.

— *Agora* corta — disse o Leão quando ela voltou para o lugar com o prato vazio.

— Olha, não é justo! — exclamou o Unicórnio quando Alice se sentou com a faca na mão, muito intrigada com como começar. — O Monstro deu ao Leão o dobro do que para mim!

— Ela não ficou com nada para ela — disse o Leão. — Você gosta de bolo de ameixa, Monstro?

Mas, antes que Alice pudesse responder, os tambores começaram.

De onde o barulho vinha, ela não conseguiu decifrar. O ar parecia carregado, e ecoou através da cabeça dela até ela se sentir surda. Ela ficou de pé e pulou o riacho de tanto medo...

* * * * * *
* * * * *
* * * * * *

... e teve tempo de ver o Leão e o Unicórnio se levantarem, com expressões de raiva por seu banquete ter sido interrompido, para em seguida Alice cair de joelhos e botar as mãos nos ouvidos, tentando em vão acabar com o barulho terrível.

Se isso não os expulsar da cidade, pensou ela com seus botões, *nada vai!*

"É MINHA PRÓPRIA INVENÇÃO"

Depois de um tempo, o barulho pareceu ir morrendo aos poucos, até ficar um silêncio mortal, e Alice ergueu a cabeça, alarmada. Não havia ninguém por perto, e o primeiro pensamento dela foi de que devia ter sonhado com o Leão e o Unicórnio e aqueles Mensageiros anglo-saxões estranhos. Entretanto, o prato grande ainda estava aos pés dela, no qual tinha tentado cortar o bolo de ameixa. *Então eu não estava sonhando*, disse para si mesma, *a não ser que... a não ser que nós todos sejamos parte do mesmo sonho. Só espero que o sonho seja* meu, *e não do Rei Vermelho! Não gosto de pertencer ao sonho de outra pessoa,* continuou ela, em tom de reclamação. *Estou pensando em ir acordá-lo para ver o que acontece!*

Nesse momento, os pensamentos dela foram interrompidos por um grito alto de "Ei! Ei! Xeque!", e um Cavalo com um Cavaleiro de armadura carmim foi galopando para cima dela, brandindo uma clava grande. Quando se aproximou, o Cavalo parou de repente:

— Você é minha prisioneira! — gritou o Cavaleiro, e desceu do Cavalo.

Do jeito que estava sobressaltada, na hora, Alice ficou com mais medo por ele do que por si mesma, e observou com ansiedade quando ele montou de novo. Assim que estava confortável na sela, ele recomeçou:

— Você é minha...

Mas outra voz o interrompeu:

— Ei! Ei! Xeque!

E Alice olhou para trás com surpresa à procura do novo inimigo.

Dessa vez, era um Cavaleiro Branco em um Cavalo. Ele parou ao lado de Alice e desceu do Cavalo como o Vermelho tinha feito. Em seguida, subiu de novo, e os dois Cavaleiros se olharam por um tempo sem falar. Alice olhou de um para o outro, atordoada.

— Ela é *minha* prisioneira, viu! — exclamou o Cavaleiro Vermelho por fim.

— Sim, mas aí *eu* apareci e a salvei! — respondeu o Cavaleiro Branco.

— Bom, nós temos que lutar por ela, então — disse o Cavaleiro Vermelho enquanto pegava o elmo (que estava pendurado na sela e era meio na forma de uma cabeça de cavalo) e o colocava.

— Você vai respeitar as Regras de Batalha, certo? — perguntou o Cavaleiro Branco, colocando o elmo também.

— Eu sempre respeito — disse o Cavaleiro Vermelho, e

eles começaram a se bater com tanta fúria que Alice foi para trás de uma árvore para ficar fora do caminho dos golpes.

Queria saber quais são as Regras de Batalha, disse para si mesma enquanto observava a luta, espiando acanhada do esconderijo. *Uma Regra parece ser que, se um Cavaleiro bater no outro, ele o derruba do Cavalo, e se errar, ele mesmo cai... E outra Regra parece ser que eles seguram as clavas com os braços, como se fossem Punch e Judy**... *Que barulho fazem quando caem! Como um conjunto inteiro de ferramentas de lareira batendo na grade de resguardo! E como os cavalos são quietos! Eles deixam que os dois subam e desçam como se fossem mesas!*

Outra Regra de Batalha que Alice não tinha notado parecia ser que eles sempre caíam de cabeça, e a batalha terminou com os dois caindo assim, lado a lado; quando se levantaram, apertaram as mãos, e o Cavaleiro Vermelho montou no Cavalo e saiu galopando.

— Foi uma vitória gloriosa, não foi? — disse o Cavaleiro Branco ao se levantar, ofegante.

— Não sei — respondeu Alice, em dúvida. — Eu não quero ser prisioneira de ninguém. Quero ser Rainha.

—Vai ser quando atravessar o próximo riacho — assegurou o Cavaleiro Branco. —Vou proteger você até o fim do bosque, e aí vou precisar voltar. É o fim da minha jogada.

— Muito obrigada — disse Alice. — Posso ajudar a tirar seu elmo?

Estava bem claro que era mais do que ele conseguiria sozinho; entretanto, ela conseguiu sacudi-lo até o elmo sair.

— Agora dá para respirar melhor — disse o Cavaleiro, ajeitando o cabelo desgrenhado com as duas mãos

* Punch e Judy é um show de marionetes tradicional com o sr. Punch e sua esposa Judy. ma figura britânica arquetípica e controversa, com origem no carismático boneco italiano do século XVI, Pulcinella, sr. Punch atua no Reino Unido desde o século XVII. A performance consiste em uma sequência de cenas curtas, cada uma representando uma interação entre dois personagens, que costuma ser sr. Punch e outro personagem que em geral é vítima da comédia pastelão de Punch. [N. P.]

e virando o rosto gentil e os olhos grandes e benignos para Alice. Ela pensou que nunca tinha visto um soldado de aparência mais estranha na vida.

Ele estava usando uma armadura de lata, que parecia caber muito mal nele, e tinha uma caixinha de cartas com um formato estranho presa no ombro, de cabeça para baixo, com a tampa aberta. Alice olhou para isso com grande curiosidade.

— Vejo que você está admirando minha caixinha — disse o Cavaleiro em tom simpático. — É invenção minha, para guardar roupas e sanduíches. Está vendo, eu a carrego de cabeça para baixo, para a chuva não entrar.

— Mas as coisas podem *sair* — comentou Alice com gentileza. — Você sabia que a tampa está aberta?

— Não sabia — disse o Cavaleiro, e um tom de vergonha passou pelo rosto dele. — Então todas as coisas devem ter caído! E a caixa não serve de nada sem elas. — Ele a soltou enquanto falava e estava prestes a jogá-la no mato quando um pensamento repentino pareceu surgir, e ele a pendurou com cuidado em uma árvore. — Consegue adivinhar por que fiz isso?

Alice fez que não.

— Na esperança de alguma abelha fazer ninho dentro... e eu pegar o mel.

— Mas você tem uma colmeia, ou algo que se parece com uma, presa na sela — retrucou Alice.

— Sim, é uma colmeia muito boa — disse o Cavaleiro em tom descontente —, do melhor tipo. Mas nem uma única abelha chegou perto. E a outra coisa é uma ratoeira. Acho que os ratos afastam as abelhas... ou as abelhas afastam os ratos, não sei.

— Eu estava querendo saber para que servia a ratoeira — comentou Alice. — Não é muito provável que haja ratos sobre um cavalo.

— Não muito provável, talvez — disse o Cavaleiro —, mas, se eles *aparecerem*, prefiro não os ter correndo por aqui.

Depois de uma pausa, ele prosseguiu:

— É que é bom estar preparado para *tudo*. É esse o motivo para o Cavalo ter tantas tornozeleiras nos pés.

— Mas para que servem? — perguntou Alice com grande curiosidade.

— Para proteger de mordidas de tubarão — respondeu o Cavaleiro. — É uma invenção minha. E agora, ajude-me. Vou com você até o fim do bosque... Para que o prato?

— É para um bolo de ameixa — esclareceu Alice.

— É melhor levarmos conosco — disse o Cavaleiro. — Vai ser útil se encontramos algum bolo de ameixa. Ajude-me a colocar nesta bolsa.

Isso demorou muito tempo, apesar de Alice segurar a bolsa aberta com muito cuidado, porque o Cavaleiro era *muito* desajeitado para colocar o prato lá dentro. Nas primeiras duas ou três vezes que tentou, ele mesmo caiu lá dentro.

— É meio apertado, sabe — disse ele quando enfim colocaram o prato dentro. — E tem tantas velas na bolsa.

E ele a pendurou na sela, que já estava carregada com montes de cenouras e atiçadores de lareira e muitas outras coisas.

— Espero que seu cabelo esteja bem preso — disse ele quando partiram.

— Só do jeito habitual — respondeu Alice, sorrindo.

— Isso não é suficiente — insistiu ele, aflito. — É que o vento é *muito* forte aqui. É forte como sopa.

— Você inventou um plano para impedir que o cabelo seja soprado? — perguntou Alice.

— Ainda não — respondeu o Cavaleiro. — Mas tenho um plano para impedir que *caia*.

— Eu gostaria muitíssimo de ouvir.

— Primeiro, você pega uma vareta vertical — disse o Cavaleiro. — E faz seu cabelo trepar por ela, como uma árvore frutífera. O motivo de o cabelo cair é porque ele *pende*... As coisas nunca caem *para cima*, entende? É um plano que eu mesmo inventei. Você pode tentar se quiser.

Não parecia um plano confortável, pensou Alice, e por alguns minutos andou em silêncio, refletindo sobre a ideia, e de vez em quando parando para ajudar o pobre Cavaleiro, que com certeza *não* era um bom cavaleiro.

Sempre que o Cavalo parava (o que fazia com frequência), ele caía para a frente; e, sempre que voltava a andar (o que costumava fazer muito de repente), ele caía para trás. Fora isso, ele seguiu muito bem, exceto por ter o hábito de vez ou outra cair para o lado; e como costumava fazer isso do lado em que Alice estava andando, ela logo percebeu que era melhor não andar *muito* perto do Cavalo.

— Acredito que você não tenha tido muita prática em cavalgar — arriscou-se a dizer quando o ajudava a subir depois da quinta queda.

O Cavaleiro pareceu muito surpreso e um pouco ofendido com o comentário.

— O que faz você dizer isso? — perguntou ele enquanto subia na sela, segurando-se no cabelo de Alice com uma das mãos para não cair do outro lado.

— Porque as pessoas não caem tanto quando têm bastante prática.

— Eu tenho muita prática — disse o Cavaleiro com muita seriedade. — Muita prática!

Alice não conseguiu pensar em nada melhor para dizer além de "É mesmo?", mas falou com o máximo de sinceridade que pôde. Eles seguiram mais um pouco em silêncio depois disso, o Cavaleiro com os olhos fechados, murmurando sozinho, e Alice atenta à queda seguinte.

— A grande arte da montaria — disse de repente o Cavaleiro em voz alta, balançando o braço direito enquanto falava — é manter...

A frase terminou tão de repente quanto começou, pois o Cavaleiro caiu com força de cabeça no exato caminho em que Alice estava andando. Ela ficou bem assustada desta vez e falou com a voz preocupada quando o ajudou a se levantar:

— Espero que nenhum osso esteja quebrado.

— Nenhum perceptível — respondeu o Cavaleiro, como se não se importasse em quebrar uns dois ou três. — A grande arte da montaria, como eu estava dizendo, é... manter o equilíbrio direito. Assim, entende...

Ele soltou a rédea e esticou os dois braços para mostrar para Alice o que queria dizer, e dessa vez caiu de costas, bem debaixo das patas do cavalo.

— Muita prática! — continuou repetindo o tempo todo em que Alice o levantou. — Muita prática!

— É ridículo demais! — exclamou Alice, perdendo toda a paciência dessa vez. — Você devia ter um cavalo com rodinhas, isso sim!

— Esse tipo anda suave? — perguntou o Cavaleiro em tom de grande interesse, fechando os braços no pescoço do Cavalo enquanto falava, bem a tempo de se salvar de cair de novo.

— Muito mais suave que um cavalo vivo — disse Alice com uma risadinha aguda, apesar de ter tentado muito segurar.

— Vou arrumar um — disse o Cavaleiro para si mesmo, pensativo. — Um ou dois..., vários.

Houve um breve silêncio depois disso, e o Cavaleiro voltou a falar.

— Sou ótimo em inventar coisas. Por acaso você notou, na última vez que me levantou, que eu estava com a expressão um tanto pensativa?

— Você *estava* meio sério — disse Alice.

— Bem, naquele momento eu estava inventando um jeito novo de passar por cima de um portão... Quer ouvir?

— Muito mesmo — respondeu Alice com educação.

— Vou contar como pensei nisso — disse o Cavaleiro. — Sabe, falei para mim mesmo: "A única dificuldade é com os pés. A *cabeça* já fica alta o suficiente". Então, primeiro coloco a cabeça em cima do portão, aí planto bananeira e os pés ficam altos, entende, e aí eu passo... Viu?

— Sim, acho que você teria mesmo passado depois disso — disse Alice, pensativa. — Mas não acha que seria meio difícil?

— Ainda não tentei — respondeu o Cavaleiro com seriedade —, então não sei dizer com certeza. Mas temo que *seria* meio difícil.

Ele pareceu tão envergonhado com a ideia que Alice mudou de assunto bem depressa.

— Que elmo curioso você tem! — exclamou ela com alegria. — É invenção sua também?

O Cavaleiro olhou com orgulho para o elmo, que estava pendurado na sela.

— É, mas inventei um melhor que esse, como um pão de açúcar. Quando eu o usava, se caísse do cavalo, ele sempre tocava o chão direto. Eu tinha *muito* pouca distância para cair, entende... Mas *havia* o perigo de cair *dentro*, claro. Isso me aconteceu uma vez... e o pior foi que, antes que eu pudesse sair, o outro Cavaleiro Branco veio e o botou na cabeça. Ele achou que era o elmo dele.

O cavaleiro pareceu tão solene contando isso que Alice não ousou rir.

— Temo que você o tenha machucado — disse ela com a voz trêmula —, por estar em cima da cabeça dele.

— Tive de chutá-lo, claro — disse o Cavaleiro, muito sério. — E aí ele tirou o elmo, mas levei horas e horas para sair. Fui rápido como... como um raio, sabe?

— Mas esse é um tipo de rapidez diferente — protestou Alice.

O Cavaleiro balançou a cabeça.

— Eram todos os tipos de rapidez comigo, posso garantir! — insistiu ele.

Ele levantou a mão com animação quando falou isso e na mesma hora rolou da sela e caiu de cabeça em uma vala funda.

Alice correu até a lateral da vala para procurá-lo. Ela ficou meio assustada com a queda, pois, por um tempo, ele tinha seguido bem, e ela teve medo de ele ter se machucado *de verdade* dessa vez. No entanto, apesar de só conseguir ver as solas dos pés dele, ela ficou aliviada de ver que ele estava falando no tom habitual.

— Todos os tipos de rapidez — repetiu ele —, mas foi descuido dele colocar o elmo de outro homem... e com o homem dentro também.

— Como você *consegue* continuar falando tão baixo, de cabeça para baixo? — perguntou Alice quando o puxou pelos pés e o colocou em um montinho na margem.

O Cavaleiro pareceu surpreso com a pergunta.

— Que importância tem onde meu corpo parece estar? — perguntou ele. — Minha mente continua trabalhando de qualquer jeito. Na verdade, quanto mais de cabeça para baixo eu estiver, mais fico inventando coisas novas.

Depois de uma pausa, ele prosseguiu:

— A coisa mais inteligente do tipo que já fiz foi inventar um novo pudim quando o prato principal de carne foi servido.

— A tempo de ser servido em seguida?

— Bem, não *em seguida* — disse o Cavaleiro em tom lento e pensativo. — Não, claro que não *em seguida*.

— Então teria de ser no dia seguinte. Não se serviria pudim duas vezes no mesmo jantar, não é?

— Bem, não no dia *seguinte* — repetiu o Cavaleiro, como antes. — Não no *dia* seguinte. Na verdade — continuou ele, mantendo a cabeça baixa, e a voz baixando cada vez mais —, acho que aquele pudim nunca foi *assado*! Ou melhor, acho que aquele pudim nunca *será* assado! Mas foi um pudim muito inteligente de se inventar.

— De que você pretendia que fosse feito? — perguntou Alice, na expectativa de alegrá-lo, pois o pobre Cavaleiro parecia bem desanimado com aquilo.

— Começava com mata-borrão — respondeu o Cavaleiro com um grunhido.

— Isso não seria muito gostoso, acho...

— Não muito gostoso *sozinho* — interrompeu ele com entusiasmo. — Mas você não faz ideia da diferença que faz misturar com outras coisas... como pólvora e cera de lacre. E aqui, devo deixá-la.

Eles tinham acabado de chegar ao fim do bosque.

Alice só conseguiu parecer intrigada. Ela estava pensando no pudim.

— Você está triste — disse o Cavaleiro em tom preocupado. — Vou cantar uma canção para reconfortá-la.

— É muito comprida? — perguntou Alice, pois já tinha ouvido poesia demais naquele dia.

— É comprida — disse o Cavaleiro —, mas muito, *muito* bonita. Todo mundo que me ouve cantar... ou fica com *lágrimas* nos olhos ou...

— Ou o quê? — perguntou Alice, pois o Cavaleiro tinha feito uma pausa repentina.

— Ou não. O nome da canção se chama *Olhos de Hadoque*.

— Ah, é esse o nome da canção? — disse Alice, tentando ficar interessada.

— Não, você não entendeu — retrucou o Cavaleiro, parecendo meio contrariado. — É assim que o nome *se chama*. O nome na verdade é "O Homem Velho *Velho*".

— Então eu deveria ter dito "É assim que a *canção* se chama"? — corrigiu-se Alice.

— Não, não deveria. Isso é outra coisa! A *canção* se chama *"Jeitos e Meios"*. Mas isso é só como ela *se chama*, entende?

— Bem, qual é a canção, então? — perguntou Alice, que já estava atordoada por completo.

— Eu estava chegando nessa parte — disse o Cavaleiro. — A canção, na verdade, é *"Sentado em um Portão"*, e a melodia é invenção minha.

Depois de dizer isso, ele parou o Cavalo e deixou as rédeas caírem no pescoço do animal; em seguida, fazendo a batida lenta do ritmo com uma das mãos e com um leve sorriso iluminando seu rosto gentil e bobo, como se gostasse da melodia da canção, ele começou.

De todas as coisas estranhas que Alice viu na viagem Através do Espelho, essa seria a que se lembraria com mais clareza. Anos depois, ela conseguiu recapitular a cena toda, como se tivesse acontecido no dia anterior: os olhos azuis benignos e o sorriso gentil do Cavaleiro, o sol poente brilhando pelo cabelo dele e o brilho da armadura sob um raio de luz ofuscante que a encantou, o Cavalo se movendo sem fazer barulho, com as rédeas pendendo do pescoço, pastando aos pés dela, e as sombras escuras da floresta atrás deles. Ela absorveu tudo isso como uma imagem, enquanto, com uma das mãos protegendo os olhos, encostava-se em uma árvore, observando o estranho par e ouvindo, meio que em sonho, a melodia melancólica da canção.

Mas a melodia não é *invenção dele*, disse ela para si mesma. É *"I give thee all, I can no more"*. Ela ouviu com muita atenção, mas nenhuma lágrima surgiu nos olhos dela.

"Conto a ti tudo que posso;
Não há muito a relatar.
Vi um homem velho velho,
Em um portão se sentar.

'Quem é você, homem velho?', falei somente,
'e vive de que maneira?'
E a resposta dele penetrou na minha mente
Como água por uma peneira.

Ele disse: 'Procuro borboletas
Que dormem em meio ao trigo;
Faço torta de cordeiro com elas,
E levo para as ruas comigo.
Eu as vendo para homens', falou,
'Que velejam por mares agitados;
Ganho meu pão desse jeito —
Uma ninharia, muito obrigado.'

Mas eu estava pensando em um plano
Para os bigodes de verde pintar,
E sempre usar um leque tão amplo
Para que ninguém os pudesse enxergar.
Portanto, sem resposta para dizer
Para o que falou o homem velho,
Eu gritei: 'Conte-me como é viver!'
E bati na cabeça dele com um martelo.

O sotaque bondoso começou a contar:
Ele disse: 'Eu sigo meu caminho,
E se um riacho de montanha encontrar,
Boto fogo nele rapidinho;
E assim fazem aquilo chamado
De Rowlands Óleo de Macassar
Mas dois centavos e meio é tudo
Que pagam por eu trabalhar.'

Mas eu pensava em como poderia
Ter massa como meu alimento
E assim, seguir a cada dia

Ganhando mais e mais peso.
De um lado a outro, eu o balancei
Até seu rosto ficar azul, quase lilás:
'Conte-me como é viver!', exclamei,
'E o que é que você faz!'

Ele disse: 'Eu caço olhos de hadoque
Em meio à urze vistosa,
E os transformo em botões de colete
Na noite silenciosa.
E esses não vendo por ouro
Nem moeda com brilho da prata
Só meio centavo de cobre
Nove unidades arremata.

'Eu cavo atrás de pão amanteigado,
Ou armo varetas para pegar siri;
Às vezes, procuro pelos verdes prados
Rodas de charretes largadas por aí.
E é assim (ele deu uma piscada)
'Que consigo minha riqueza
E é com prazer que tomarei uma golada
À boa saúde de Vossa Nobreza.'

Eu o ouvi bem, pois tinha acabado
De terminar meu projetinho
De não deixar a ponte Menai enferrujar
Fervendo-a em vinho.
Eu agradeci por ele me contar
Como obteve sua riqueza,
Mas em especial por desejar
Que bebesse à minha nobreza.

E agora, se por algum efeito
Enfio em cola os dedos

Ou aperto desvairado um pé direito
Em um sapato esquerdo,
Ou se deixo cair no dedão

Um peso muito pesado,
Eu choro, pois me lembra então
Aquele homem velho do passado
Com expressão gentil, que falava arrastado,
Com cabelo mais branco que neve no prado,
Com rosto parecido ao de um corvo cansado,
Com olhar como brasa, bem incendiado,
Que parecia distraído e desassossegado,
Que balançava o corpo para cada lado,
E murmurava baixo como um chiado
Como se na boca tivesse massa enfiado,
Que roncava como um búfalo zangado
Naquela noite de verão do passado,
No portão sentado."

Quando o Cavaleiro cantou as últimas palavras da balada, ele pegou as rédeas e virou a cabeça do Cavalo para a estrada por onde tinha vindo.

— Você só tem alguns metros para andar — disse ele — colina abaixo e passando por aquele riacho, e aí será Rainha... Mas pode ficar e se despedir de mim primeiro? — acrescentou quando Alice se virou com expressão ávida para a direção para a qual ele tinha apontado. — Não vou demorar. Você vai esperar e balançar seu lenço quando eu entrar naquela curva da estrada? Acho que vai me encorajar, entende?

— Claro que vou esperar — disse Alice. — E muito obrigada por vir até aqui... e pela canção. Gostei muito dela.

— Espero que sim — disse o Cavaleiro, em dúvida. — Mas você não chorou como achei que faria.

Eles apertaram as mãos, e o Cavaleiro foi cavalgando devagar na direção da floresta.

Não vai demorar para eu me despedir dele, espero, disse Alice para si mesma enquanto o olhava. *Lá vai ele! Caiu de cabeça, como sempre! Entretanto, sobe de novo com facilidade... isso acontece por ter tantas coisas penduradas no Cavalo...* Ela continuou falando sozinha, enquanto olhava o Cavalo andando tranquilo pela estrada e o Cavaleiro caindo, primeiro de um lado e depois do outro. Depois da quarta ou quinta queda, ele chegou à curva, então ela abanou o lenço para ele e esperou até ele ter sumido de vista.

— Espero que o encoraje — disse ela ao se virar para descer a colina correndo. — E agora até o último riacho, e me tornar Rainha! Como parece grandioso! — Uns poucos passos a levaram até a beira do riacho. — Oitava Casa, enfim! — gritou ela quando pulou por cima...

* * * * * *
* * * * *
* * * * * *

... e se atirou para descansar em um gramado macio como musgo, com canteirinhos de flores aqui e ali.

— Ah, como estou feliz de chegar aqui! E o que é *isto* na minha cabeça? — exclamou ela em tom de consternação, colocando as mãos em algo bem pesado e encaixado em sua cabeça.

Mas como pode ter vindo parar aqui sem eu saber?, perguntou a si mesma quando ergueu o objeto e o colocou no colo para entender o que poderia ser.

Era uma coroa de ouro.

RAINHA ALICE

— Ora, que incrível! — exclamou Alice. — Eu não esperava me tornar Rainha tão rápido... e vou dizer uma coisa, Vossa majestade — acrescentou em tom severo (ela sempre gostava de repreender a si mesma) —, não adianta de nada ficar descansando na grama assim! Rainhas têm de ter dignidade, sabia?!

Ela se levantou e andou por ali com certa rigidez no começo, pois estava com medo de a coroa cair. Mas consolou a si mesma com o pensamento de que não havia ninguém para vê-la.

— E, se eu for de fato Rainha — disse ao se sentar de novo —, vou conseguir lidar bem com ela com o tempo.

Tudo estava acontecendo de um jeito tão estranho que não ficou nada surpresa de encontrar a Rainha Vermelha e a Rainha Branca sentadas perto dela, uma de cada lado. Gostaria muito de perguntar como elas foram parar ali, mas temia que não fosse educado. Entretanto, não haveria mal algum, pensou, em perguntar se o jogo tinha acabado.

— Por gentileza, pode me dizer... — começou ela, olhando com timidez para a Rainha Vermelha.

— Fale quando falarem com você! — interrompeu-a com rispidez a Rainha.

— Mas, se todo mundo obedecesse a essa regra — retrucou Alice, que estava sempre pronta para uma pequena discussão — e só falasse quando falassem com você, e a outra pessoa sempre esperasse que *você* começasse, ninguém nunca diria nada, entende, e...

— Ridículo! — gritou a Rainha. — Ora, não vê, criança... — Aqui, ela parou de falar, com a testa franzida, e, depois de pensar um minuto, mudou de repente o rumo da conversa. — O que quer dizer com "se você de fato for Rainha"? Que direito tem de se intitular assim? Você só pode ser Rainha se tiver passado por um exame apropriado. E quanto mais cedo começarmos, melhor.

— Eu só falei "se"! — alegou a pobre Alice em tom de lamento.

As duas Rainhas olharam uma para a outra, e a Rainha Vermelha comentou com um pequeno tremor:

— Ela *diz* que só falou "se"...

— Mas ela disse bem mais que isso! — resmungou a Rainha Branca, retorcendo as mãos. — Ah, tão mais que isso!

— Falou mesmo — disse a Rainha Vermelha para Alice. — Sempre fale a verdade, pense antes de falar e anote depois.

— Tenho certeza de que eu não tive a intenção... — começou Alice, mas a Rainha Vermelha a interrompeu com impaciência.

— É disso mesmo que eu reclamo! Você *deveria* ter tido a intenção! Qual acha que é a utilidade de uma criança sem nenhum significado? Até uma piada precisa de significado..., e o de uma criança é mais importante do que o de uma piada, espero. Você não poderia negar isso mesmo que tentasse com as duas mãos.

— Eu não nego as coisas com as minhas *mãos* — protestou Alice.

— Ninguém disse que fazia isso — retrucou a Rainha Vermelha. — Eu falei que não poderia se tentasse.

— Ela está naquele estado mental — disse a Rainha Branca — em que quer negar *alguma coisa*... só que não sabe o que negar!

— Um humor terrível, perverso — comentou a Rainha Vermelha; e houve um silêncio incômodo por um minuto ou dois.

A Rainha Vermelha rompeu o silêncio dizendo para a Rainha Branca:

— Eu convido você para o jantar de Alice esta tarde.

A Rainha Branca abriu um sorriso fraco e respondeu:

— E eu convido *você*.

— Eu não sabia que eu daria um jantar — disse Alice. — Mas, se vai haver um, acho que *eu* deveria convidar as pessoas.

— Nós demos a você a oportunidade de fazer isso — comentou a Rainha Vermelha. — Mas ouso dizer que ainda não teve muitas aulas de boas maneiras.

— Boas maneiras não são ensinadas em aulas — afirmou Alice. — Aulas ensinam a fazer contas, esse tipo de coisa.

— E você faz Adição? — perguntou a Rainha Branca. — Quanto é um e um e um e um e um e um e um e um e um e um?

— Não sei — disse Alice. — Perdi a conta.

— Ela não sabe fazer Adição — falou a Rainha Vermelha, interrompendo-as. — Você sabe fazer Subtração? Tire nove de oito.

— Nove de oito não posso, você sabe — respondeu Alice de pronto. — Mas...

— Ela não sabe fazer Subtração — disse a Rainha Branca. — Você sabe fazer Divisão? Divida um pão por uma faca. Qual é a resposta disso?

— Acho... — começou Alice, mas a Rainha Vermelha respondeu por ela. — Pão com manteiga, claro. Tente outra Subtração. Tire um osso de um cachorro. O que resta?

Alice refletiu.

— O osso não restaria, claro, se eu o tirasse... e o cachorro não restaria. Ele me morderia... e tenho certeza de que *eu* não restaria!

— Então você acha que nada restaria? — perguntou a Rainha Vermelha.

— Acho que essa é a resposta.

— Errado, como sempre — disse a Rainha Vermelha. — A cabeça do cachorro restaria.

— Mas não vejo como...

— Ora, olhe só! — exclamou a Rainha Vermelha. — O cachorro perderia a cabeça, não?

— Talvez perdesse — respondeu Alice com cautela.

— Então, se o cachorro fosse embora, a cabeça restaria! — exclamou a Rainha com triunfo.

Alice falou o mais séria que conseguiu:

— Eles poderiam seguir caminhos diferentes. — Mas não pôde deixar de pensar com seus botões: *Quanta besteira absurda estamos* falando*!*

— Ela não sabe fazer *nada* de contas! — disseram as Rainhas juntas, com grande ênfase.

— *Você* sabe fazer contas? — perguntou Alice, virando-se de repente para a Rainha Branca, pois não gostava de ter tantos defeitos apontados.

A Rainha ofegou e fechou os olhos.

— Sei fazer Adição, se me der tempo..., mas não sei fazer Subtração sob *nenhuma* circunstância!

— Mas o ABC você sabe? — perguntou a Rainha Vermelha.

— Claro que sei — respondeu Alice.

— Eu também — sussurrou a Rainha Branca. — Nós muitas vezes dizemos juntas, querida. E vou contar um segredo para você: sei ler palavras com uma letra! Não é *incrível*?! Entretanto, não se desencoraje. Você vai chegar lá com o tempo.

Aqui, a Rainha Vermelha começou de novo:

— Você sabe responder a perguntas úteis? Como o pão é feito?

— *Isso* eu sei! — exclamou Alice com empolgação. — É só usar farinha...

— Onde você pega a varinha? — perguntou a Rainha Branca. — Em um jardim ou na cerca viva?

— Bom, a farinha não se *pega* — explicou Alice. — Ela é *moída*...

— Quantas moedas? — indagou a Rainha Branca. — Você não pode deixar tantas coisas de fora.

— Abana a cabeça dela! — interrompeu a Rainha Vermelha com preocupação. — Ela vai ficar com febre depois de tanto pensar.

Elas começaram a trabalhar e a abanaram com um bando de folhas até Alice suplicar para pararem porque estava soprando o cabelo dela para todo lado.

— Ela está bem agora — disse a Rainha Vermelha. — Você sabe Línguas? Como é *fiddle-de-dee* em francês?

— *Fiddle-de-dee* não é inglês — respondeu Alice, séria.

— Quem disse que era? — disse a Rainha Vermelha.

Alice achou que estava enxergando uma saída daquela vez.

— Se me disser em que idioma é "*fiddle-de-dee*", eu digo como é em francês! — exclamou ela com triunfo.

Mas a Rainha Vermelha se empertigou com rigidez e disse:

— Rainhas não fazem acordos.

Eu queria que Rainhas nunca fizessem perguntas, pensou Alice com seus botões.

— Não vamos brigar — falou a Rainha Branca em tom ansioso. — Qual é a causa dos raios?

— A causa dos raios — respondeu Alice de forma decidida, pois tinha quase certeza disso — é o trovão... não, não! — corrigiu-se em seguida. — Eu quis dizer o contrário.

— É tarde demais para se corrigir — disse a Rainha Vermelha. — Quando já tiver dito uma coisa, está dito, e você tem de aceitar as consequências.

— O que me lembra... — disse a Rainha Branca, olhando para baixo e abrindo e fechando as mãos com nervosismo. — Nós tivemos uma tempestade *horrível* na terça-feira... Estou falando de uma do último conjunto de terças-feiras, sabe.

Alice ficou intrigada.

— No *nosso* país — comentou ela —, só há um dia de cada vez.

A Rainha Vermelha retrucou:

— Que jeito pobre de fazer as coisas. *Aqui*, costumamos ter dois ou três dias e noites de cada vez, e às vezes, no inverno, temos até cinco noites juntas... por conta do calor, sabe?

— Cinco noites são mais quentes do que uma noite, então? — arriscou-se Alice a perguntar.

— Cinco vezes mais quentes, claro.

— Mas deveriam ser cinco vezes mais *frias*, pela mesma regra...

— Isso mesmo! — gritou a Rainha Vermelha. — Cinco vezes mais quentes *e* cinco vezes mais frias... assim como eu sou cinco vezes mais rica que você *e* cinco vezes mais inteligente!

Alice suspirou e desistiu.

É bem como uma charada sem resposta!, pensou ela.

— Humpty Dumpty também viu — disse a Rainha Branca com a voz baixa, como se estivesse falando sozinha. — Ele veio até a porta com um saca-rolha na mão...

— O que ele queria? — perguntou a Rainha Vermelha.

— Ele disse que *ia* entrar — continuou a Rainha Branca — porque estava procurando um hipopótamo. Só que por acaso não havia uma coisa dessas em casa naquela manhã.

— E costuma ter? — perguntou Alice em tom atônito.

— Bom, só às quintas-feiras — respondeu a Rainha.

— Eu sei o que ele queria — disse Alice. — Queria punir os peixes porque...

Aqui, a Rainha Branca começou de novo:

— Foi uma tempestade *tão* forte que você nem imagina! — ("Ela *nunca* poderia imaginar!", disse a Rainha Vermelha.) — E parte do telhado se soltou, e tanto trovão entrou e foi rolando pela sala em grandes caroços, derrubando as mesas e as coisas, até eu ficar com tanto medo que não me lembrava nem do meu próprio nome!

Alice pensou com seus botões: *Eu nunca* tentaria *lembrar meu nome no meio de um acidente! De que adiantaria?* Mas não disse isso em voz alta por medo de magoar a pobre Rainha.

— Vossa Majestade precisa desculpá-la — disse a Rainha Vermelha para Alice, pegando uma das mãos da Rainha Branca e fazendo carinho. — A intenção dela é boa, mas ela não consegue deixar de falar coisas tolas de modo geral.

A Rainha Branca olhou acanhada para Alice, que sentia que *deveria* dizer algo gentil, mas não conseguiu pensar em nada no momento.

— Ela não foi bem-criada — prosseguiu a Rainha Vermelha. — Mas é incrível como tem bom temperamento! Se der um tapinha na cabeça dela, vai ver como ela vai ficar satisfeita!

Mas isso era mais do que Alice tinha coragem de fazer.

— Um pouco de gentileza... e enrolar o cabelo dela em papelotes... faria maravilhas a ela...

A Rainha Branca deu um suspiro profundo e apoiou a cabeça no ombro de Alice.

— Eu *estou* com tanto sono — gemeu ela.

— Ela está cansada, pobrezinha! — disse a Rainha Vermelha. — Ajeite o cabelo dela, dê a ela sua touca de dormir e cante para ela uma cantiga de ninar.

— Não estou com minha touca aqui — disse Alice enquanto tentava obedecer à primeira instrução. — E não sei nenhuma cantiga de ninar.

— Vou ter que fazer isso, então — disse a Rainha, e começou:

"Dorme, donzela, no colo de Alice!
Até o banquete tem tempo, eu disse:
No fim do banquete, no baile dançar...
Rainhas Vermelha e Branca e Alice a girar!"

— E agora que você sabe a letra — acrescentou ela enquanto botava a cabeça no outro ombro de Alice —, cante para *mim*. Também estou ficando sonolenta.

E, no instante seguinte, as duas Rainhas caíram em um sono profundo, roncando alto.

— O que eu vou *fazer?* — exclamou Alice, olhando ao redor com grande perplexidade, quando uma cabeça

redonda, depois a outra, rolaram do ombro dela e caíram como uma bola pesada no colo da menina. — Acho que *nunca* aconteceu antes de alguém ter de cuidar de duas Rainhas dormindo ao mesmo tempo! Não, não em toda a História da Inglaterra... não poderia, sabe, porque nunca houve mais de uma Rainha de cada vez. Acordem, coisas pesadas! — disse ela em tom impaciente; mas não houve resposta além de um ronco suave.

Os roncos foram ficando mais nítidos a cada minuto e pareceram mais uma melodia; por fim, ela até conseguiu identificar a letra, e ouviu com tanta avidez que, quando as duas cabeças sumiram do colo dela, nem sentiu falta.

Ela estava parada na frente de um portal em arco sobre o qual havia as palavras RAINHA ALICE em letras grandes, e de cada lado do arco havia um sino com uma corda; um tinha uma placa de "Sino de Visitantes" e o outro, "Sino de Criados".

Vou esperar a música acabar, pensou Alice, *e vou puxar... o...* Qual *sino devo tocar?*, prosseguiu ela, muito intrigada pelos nomes. *Não sou visitante e não sou criada.* Deveria *ter um marcado "Rainha", sabe...*

Nessa hora, a porta se abriu um pouco e uma criatura com um bico comprido colocou a cabeça para fora por um momento e disse:

— Só é permitido entrar depois da semana depois da próxima! — E fechou a porta com estrondo.

Alice bateu e tocou em vão por muito tempo, mas, por fim, um Sapo muito velho, que estava sentado debaixo de uma árvore, levantou-se e saltou devagar até ela. Ele estava vestido de amarelo-vibrante e tinha botas enormes nos pés.

— O que foi agora? — perguntou o Sapo em um sussurro rouco e grave.

Alice se virou, preparada para enfrentar qualquer um.

— Onde está o criado que tem o trabalho de atender à porta? — indagou ela com raiva.

— Que porta?

Alice quase bateu os pés de irritação com o jeito lento e arrastado que ele tinha de falar.

— *Essa* porta, claro!

O Sapo olhou para a porta com os olhos grandes e baços por um minuto; foi até mais perto e a esfregou com o polegar, como se estivesse vendo se a tinta sairia. Em seguida, olhou para Alice.

— Para atender à porta? — disse ele. — O que ela pediu? — Ele era tão rouco que Alice mal conseguia ouvi-lo.

— Não sei o que você quer dizer — respondeu ela.

— Eu falo sua língua, não falo? — disse o Sapo. — Ou você é surda? O que ela pediu para você?

— Nada! — disse Alice com impaciência. — Eu estava batendo nela!

— Não deveria fazer isso... não deveria fazer isso... — murmurou o Sapo. — Irrita, sabe? — Ele foi até lá e deu um chute na porta com o pé grande. — Você deixa *ela* em paz — disse ele, ofegante, enquanto saltava de volta até a árvore — e ela deixa *você* em paz, entende?

Nesse momento, a porta foi escancarada e uma voz estridente se fez ouvir, cantando:

"Para o mundo do Espelho, foi Alice que declarou
'Tenho um cetro na mão, com coroa na cabeça estou;
Que as criaturas do Espelho, todo e qualquer ser amigo,
Venham jantar com a Rainha Vermelha, a Branca e comigo.'

E centenas de vozes se juntaram ao coral:

"Encham as taças o mais rápido que der,
E espalhem na mesa botões e o farelo que houver:

Coloquem gatos no café e ratos no chá, vejam vocês...
E bem-vinda, Rainha Alice, com trinta vezes três!"

Em seguida, houve um ruído confuso de comemoração, e Alice pensou com seus botões: *Trinta vezes três dá noventa. Será que tem alguém contando?* Em um minuto, fez-se silêncio de novo, e a mesma voz estridente cantou outra estrofe:

"'Ó criaturas do Espelho', disse Alice, 'podem vir!
É uma honra me ver, um favor me ouvir:
Jantar e tomar chá é um grande privilégio, é o que digo
Com a Rainha Vermelha, a Branca e comigo!'"

O coral cantou de novo:

"Então encham as taças com melaço e tinta,
Ou qualquer outra coisa gostosa e distinta:
Misturar areia na sidra e lã no vinho pode...
E bem-vinda, Rainha Alice, com noventa vezes nove!"

— Noventa vezes nove! — repetiu Alice com desespero. — Ah, isso nunca vai acabar! Melhor eu entrar de uma vez... — E houve um silêncio mortal assim que ela apareceu.

Alice olhou com nervosismo pela mesa enquanto andava por um salão enorme e reparava que havia uns cinquenta convidados de todos os tipos: alguns eram animais, outros eram pássaros, e havia até algumas flores entre eles. *Fico feliz de eles terem vindo sem esperar convite*, pensou ela. *Eu nunca saberia quem seriam as pessoas certas para convidar!*

Havia três cadeiras na cabeceira da mesa; as Rainhas Vermelha e Branca já tinham ocupado duas, mas a do meio estava vazia. Alice se sentou nela, um tanto incomodada com o silêncio, desejando que alguém falasse.

Por fim, a Rainha Vermelha começou:

— Você perdeu a sopa e o peixe — disse ela. — Sirvam o pernil!

E os garçons colocaram um pernil de carneiro diante de Alice, que olhou para ele com certa ansiedade, como se nunca tivesse comido carne de pernil antes.

— Você parece um pouco tímida. Permita-me apresentá-la a esse pernil de carneiro — disse a Rainha Vermelha. — Alice, Pernil. Pernil, Alice.

O pernil de carneiro ficou de pé no prato e fez uma pequena reverência para Alice; e Alice retribuiu a reverência, sem saber se deveria ficar com medo ou achar graça.

— Posso servir uma fatia para vocês? — perguntou ela, pegando a faca e o garfo e olhando de uma Rainha para a outra.

— Claro que não — respondeu a Rainha Vermelha em um tom muito decidido. — Não é de bom tom cortar ninguém a quem você foi apresentada. Retirem o pernil!

E os garçons levaram o pernil e trouxeram um pudim de ameixa grande no lugar.

— Não quero ser apresentada ao pudim, por favor — disse Alice de imediato —, do contrário, não jantaremos. Aceitam um pouco?

Mas a Rainha Vermelha estava emburrada e resmungou:

— Pudim, Alice. Alice, Pudim. Retirem o pudim!

E os garçons o levaram tão depressa que Alice nem conseguiu retribuir a reverência.

Entretanto, ela não via por que a Rainha Vermelha deveria ser a única a dar ordens e, como experimento, gritou:

— Garçom! Traga de volta o pudim!

E ali apareceu o pudim de novo, em um instante, como um truque de mágica. Era tão grande que ela não pôde deixar de ficar *um pouco* tímida com ele, como tinha ficado com o carneiro; no entanto, ela venceu a timidez com grande esforço, cortou uma fatia e a entregou para a Rainha Vermelha.

— Que impertinência! — exclamou o Pudim. — Queria saber se ia gostar se eu cortasse uma fatia de *você*, criatura!

Ele falava com uma voz grossa e gordurosa, e Alice não tinha nada para dizer em resposta. Ela só conseguiu olhar para ele e ofegar.

— Faça um comentário — disse a Rainha. — É ridículo deixar toda a conversa para o pudim!

— Sabe, tanta poesia foi recitada para mim hoje — começou Alice, um pouco assustada de ver que, assim que abriu os lábios, fez-se um silêncio mortal e todos os olhares se fixaram nela. — E é uma coisa muito curiosa, acho. Todos os poemas eram sobre peixes de alguma forma. Sabe por que gostam tanto de peixes por aqui?

Ela falou com a Rainha Vermelha, cuja resposta estava um pouco distante da pergunta.

— Quanto aos peixes — disse ela, bem devagar e solene, botando a boca perto do ouvido de Alice —, Sua Majestade Branca sabe um lindo enigma, todo em poesia, todo sobre peixes. Quer que ela recite?

— Sua Majestade Vermelha é muito gentil de mencionar — murmurou a Rainha Branca no outro ouvido de Alice, com a voz que mais parecia o arrulhar de um pombo. — Seria *tão* maravilhoso! Posso?

— Por favor — disse Alice com muita educação.

A Rainha Branca riu de prazer e fez carinho na bochecha de Alice. Então começou:

"'Primeiro, o peixe precisa ser pescado.'
Isso é fácil: até um bebê, acho, teria pescado.
'Depois, o peixe precisa ser comprado.'
Isso é fácil: um centavo, acho, teria comprado.

'Agora tem que cozinhar!'
Isso é fácil, e um minuto só vai levar.
'Numa travessa tem que botar!'
Isso é fácil, porque nela já está.

'Traga aqui! Deixe-me jantar!'
É fácil colocar essa travessa na mesa.
'Essa tampa tem de tirar!'
É difícil demais para mim, com certeza!

Pois preso como cola se encontra,
A tampa está no prato entalada:
O que é mais fácil, responda,
Descobrir o peixe ou a charada?"

— Pare um minuto para pensar e adivinhe — disse a Rainha Vermelha. — Enquanto isso, vamos beber à sua saúde: à saúde da Rainha Alice! — gritou ela a plenos pulmões.

Todos os convidados começaram a beber logo em seguida e fizeram isso de um jeito muito estranho: alguns viraram os copos nas cabeças, como extintores, e beberam tudo que escorreu pelo rosto. Outros viraram os decantadores e beberam o vinho que escorreu pelas bordas da mesa. E três deles (que pareciam cangurus) pularam na travessa de cordeiro assado e começaram a lamber o molho com avidez, *como porcos na tina!*, pensou Alice.

— Você deve fazer um agradecimento em um belo discurso — disse a Rainha Vermelha, franzindo a testa para Alice enquanto falava.

— Nós devemos apoiar você — sussurrou a Rainha Branca quando Alice se levantou para falar, muito obediente, mas com um pouco de medo.

— Muito obrigada — sussurrou ela em resposta —, mas consigo fazer sem isso.

— Não seria a mesma coisa em absoluto — disse a Rainha Vermelha de forma muito decidida; e Alice tentou se submeter com graça.

(— E elas *empurraram*! — disse ela mais tarde, quando estava contando à irmã a história do banquete. — Parecia que queriam me espremer até eu ficar achatada!)

Na verdade, foi bem difícil para ela ficar no lugar enquanto fazia o discurso. As duas Rainhas a empurravam de tal forma, uma de cada lado, que quase a ergueram no ar.

— Eu me levanto em agradecimento... — começou Alice. E ela de fato se *levantou* enquanto falava, vários centímetros; mas segurou-se na borda da mesa e conseguiu descer de novo.

— Tome cuidado! — gritou a Rainha Branca, segurando o cabelo de Alice com as duas mãos. — Alguma coisa vai acontecer!

E (como Alice mais tarde descreveu) todo tipo de coisa aconteceu em um instante. As velas cresceram até o teto, parecendo uma cama de juncos* com fogos de artifício no alto. Quanto às garrafas, cada uma pegou dois pratos, que logo encaixaram como asas, e dessa forma, com garfos como pernas, foram voando em todas as direções. *E se parecem muito com pássaros*, pensou Alice com seus botões, tão bem quanto possível na confusão terrível que estava começando.

Nesse momento, ela ouviu uma risada rouca a seu lado e se virou para ver qual era o problema da Rainha Branca; mas, em vez da Rainha, ali estava o pernil de carneiro, sentado na cadeira.

— Estou aqui! — gritou uma voz da terrina de sopa, e Alice se virou de novo bem a tempo de ver o rosto amplo e

* Na Europa da Idade Média, os juncos eram espalhados no chão e usados como cama. [N.P.]

simpático da Rainha sorrindo para ela por um momento na beira da terrina, antes de desaparecer na sopa.

Não havia nem um instante a perder. Vários dos convidados já se deitavam nos pratos, e a concha da sopa estava andando pela mesa na direção da cadeira de Alice e fazendo sinal com impaciência para ela sair da frente.

— Não aguento mais isso! — gritou ela quando pulou e segurou a toalha de mesa com as duas mãos: um puxão forte e as travessas, os pratos, os convidados e as velas caíram com uma barulheira no chão.

— E quanto a *você* — prosseguiu ela, virando-se furiosa para a Rainha Vermelha, que considerava a causa de toda a confusão...

Mas a Rainha não estava mais ao lado dela; de repente, ela havia encolhido para o tamanho de uma bonequinha e estava agora na mesa, correndo com alegria atrás do próprio xale, que estava voando atrás dela.

Em qualquer outro momento, Alice teria ficado surpresa com isso, mas ela estava agitada demais para ficar surpresa com qualquer coisa *agora*.

— Quanto a *você* — repetiu ela, pegando a criaturinha no meio do ato de pular por cima de uma garrafa que tinha acabado de pousar na mesa —, vou te sacudir até te transformar em um gatinho, vou mesmo!

SACUDINDO

Ela a tirou da mesa enquanto falava e a sacudiu para a frente e para trás com toda a força.

A Rainha Vermelha não ofereceu resistência alguma; só o rosto dela ficou muito pequeno e os olhos grandes e verdes. E, ainda assim, conforme Alice continuou sacudindo, ela foi ficando menor, e mais gorda, e mais macia, e mais redonda, e...

ACORDANDO

...Era *mesmo* um gatinho, afinal.

QUEM SONHOU?

— Vossa majestade não devia ronronar tão alto — disse Alice, esfregando os olhos e falando com o gatinho, com respeito, mas também com certa severidade. — Você me acordou de um sonho tão bom! E estava comigo, Gatinho, por todo o mundo do Espelho. Sabia, meu bem?

É um hábito muito inconveniente dos gatinhos (Alice tinha comentado uma vez) que, o que quer que se diga a eles, eles *sempre* ronronam.

— Se pelo menos eles só ronronassem para "sim" e miassem para "não", ou qualquer outra regra do tipo —, dissera ela —, para que assim fosse possível manter uma

conversa! Mas como é possível conversar com uma pessoa se ela sempre diz a mesma coisa?

Nesse momento, o gatinho só ronronou; e foi impossível adivinhar se queria dizer "sim" ou "não".

Assim, Alice procurou entre as peças de xadrez na mesa até encontrar a Rainha Vermelha; em seguida, ficou de joelhos no tapete em frente à lareira e fez o gatinho e a Rainha se olharem.

— Agora, Gatinho! — exclamou ela, batendo as mãos em triunfo. — Confesse que foi nisso que você se transformou!

(— Mas ele não quis olhar — contou ela, quando estava explicando tudo depois para a irmã. — Ele virou a cabeça e fingiu não ver. Mas parecia *um pouco* envergonhado, então acho que *deve* ter sido a Rainha Vermelha.)

— Sente-se mais ereto, meu bem! — gritou Alice com uma risada alegre. — E faça uma reverência enquanto pensa no que... no que ronronar. Poupa tempo, lembra!

E ela o pegou e deu um beijinho, "só pela honra de ter sido uma Rainha Vermelha".

— Floco de Neve, meu bichinho! — prosseguiu ela, olhando por cima do ombro para o Gatinho Branco, que ainda estava cuidando com paciência da própria higiene. — Quando será que Dinah *vai* terminar de limpar sua Majestade Branca? Deve ter sido esse o motivo para você ser tão desorganizada no meu sonho... Dinah! Você sabe que está limpando a Rainha Branca? Francamente, que desrespeito da sua parte!

"E em que será que *Dinah* se transformou?", continuou ela enquanto se acomodava com conforto, com um cotovelo no tapete e o queixo na mão, para olhar os gatinhos. "Conte-me, Dinah, você virou Humpty Dumpty? Eu *acho* que foi. Entretanto, melhor não mencionar para seus amigos ainda, pois não tenho certeza.

"A propósito, Gatinho, se estivesse de verdade comigo no meu sonho, tem só uma coisa da qual você *teria* gostado: houve um montão de poesia citada para mim, todas sobre peixes! Amanhã de manhã você vai ganhar um petisco. Enquanto estiver comendo o café da manhã, vou recitar 'A Morsa e o Carpinteiro' para você. E então pode fingir que são ostras, meu querido!

"Agora, Gatinho, vamos considerar quem foi que sonhou tudo. Essa é uma pergunta séria, meu bem, e você *não* deveria ficar lambendo a pata assim... como se Dinah não tivesse dado banho em você hoje de manhã! Sabe, Gatinho, *deve* ter sido eu ou o Rei Vermelho. Ele era parte do meu sonho, claro..., mas eu também era parte do sonho dele! *Foi* o Rei Vermelho, Gatinho? Você era a esposa dele, meu querido, então deveria saber... Ah, Gatinho, *ajude* a resolver isso! Sua pata pode esperar!"

Mas o gatinho provocador só começou a lamber a outra pata e fingiu não ter ouvido a pergunta.

Quem *você* acha que foi?

Alice
Um barco no sol intenso,
Seguindo em sonho lento
Em julho, uma tarde ao vento…
Três crianças deitadas juntas,
Olhos ávidos e ouvidos alertas,
Felizes com a história certa…
O sol no céu já empalidece:
Ecos somem e a lembrança morre.
Do frio do outono, julho sofre.

Mas ela ainda me assombra, ao certo,
Alice se movendo a céu aberto
Nunca vista por olhos despertos.

As crianças, esperando a história certa,
Olhos ávidos e ouvidos alertas,
Ficarão felizes, deitadas juntas.

No País das Maravilhas estão,
Sonhando enquanto os dias se vão,
Sonhando ao fim de cada verão:

Vão descendo pelo riacho...
Pairando no dourado brilho...
A vida, o que é, senão um sonho?

POSFÁCIO da tradutora
UMA VIAGEM TRADUTÓRIA pelos LABIRINTOS LINGUÍSTICOS
REGIANE WINARSKI

Um dia, eu recebi o e-mail que nunca imaginei que chegaria. "Você topa traduzir Alice?" O convite veio da Wish, uma editora que eu admiro muito e que sempre foi muito respeitosa e carinhosa com meu trabalho. O respeito pelo trabalho é uma das coisas que mais nos motiva a querer traduzir para uma editora, mas também o carinho que todas da equipe sempre tiveram comigo ficou evidente nesse convite. As pessoas envolvidas no projeto sabiam que eu tenho uma filha chamada Alice e que o motivo do nome dela são os livros do Lewis Carroll (e não o roqueiro Alice Cooper, como eu disse para a minha Alice quando ele veio fazer shows no Rock in Rio em 2017, quando ela tinha 12 anos).

Fiquei lisonjeada e muito feliz com o convite, que aceitei de imediato, claro. Mas não me deixei enganar nem por um minuto sobre a pedreira que viria pela frente. Apesar de ter lido *Alice no País das Maravilhas* e *Alice através do espelho* havia muitos anos, bem antes até de entrar na carreira da tradução, eu lembrava que os desafios não seriam poucos. O processo de tradução me fez entender com mais clareza que seriam os maiores desafios que eu enfrentaria na minha carreira toda até agora. E quem diz isso é uma pessoa que já traduziu os poéticos Lovecraft, H.G. Wells e vários outros autores e autoras.

Encarar o desafio de trazer as obras de Lewis Carroll para o português é muito mais que traduzir palavras e frases. É se perder em labirintos de ideias, cair em buracos de trocadilhos, ficar presa em salas com portas que levam a uma solução mais complexa (e interessante) que a outra, é falar em voz alta sozinha como quem conversa com animais e objetos, testando sonoridades e significados. É ver se aquela chave, palavra ou expressão em português cabe naquela fechadura do inglês, ou se está grande ou pequena demais, se precisa de umas mordidas do bolinho, um gole da garrafinha ou um pedaço do cogumelo. E, principalmente, apurar o ouvido e lubrificar as engrenagens mentais para sentir e reproduzir a musicalidade de versos e rimas. Assim, armada do dicionário analógico, de sites de rimas e de etimologias, das pesquisas *online* e de muita calma, coragem e determinação, enfrentei o processo de tradução destas duas obras.

O recurso de Carroll mais desafiador para quem traduz talvez seja o de brincar com palavras homófonas: palavras com grafias diferentes, mas com som similar. E assim, temos *tail*, "rabo", e *tale*, "história", misturadas no trecho do poema da cauda do rato; temos *adressing*, no sentido de "se dirigir a alguém", e *a dressing*, no sentido de "um acessório (de vestuário)", no encontro com a Rainha Branca. Esse tipo de questão instigante é frequente nas histórias, e as soluções foram sempre feitas com a intenção de trazer ao público brasileiro a experiência de leitura similar à do leitor de inglês, isso tudo fugindo das explicações por meio de notas (que podem, sim, ser muito interessantes, principalmente para quem conhece os dois idiomas, mas quebram a experiência mágica da leitura

Ilustrações de
JOHN TENNIEL

Alice de JOHN TENNIEL

para quem está lendo ficção e caiu na toca do Coelho Branco junto com Alice nas primeiras páginas).

O autor abusa também do *nonsense* ao longo de ambos os livros: muitas das estranhezas que você encontrou são advindas mesmo do original, não um caso de adaptação fajuta das brincadeiras com palavras citadas anteriormente.

Um exemplo disso é quando o Chapeleiro canta a música *Brilha, brilha, estrelinha*, mas com um animal curioso no lugar da estrela... e também todo o diálogo entre Alice e Humpty Dumpty.

Mas a maior prova de resistência e criatividade de todas é o poema do Jaguadarte, indiscutivelmente. Aposto que você leu e pensou, eloquentemente: "Hã?". Por isso, já deixo avisado que tudo ali tem motivo e explicação. Há muitos estudos sobre que tipos de aglutinações e associações de ideias Carroll usou no poema. A destemida tradutora estudou extensivamente vários deles e gastou muitas unidades do objeto arcaico chamado folha de papel para tentar construir caminhos remotamente parecidos (e que tentam chegar aos pés do original, é preciso admitir). O resultado é, no mínimo, divertido.

Nos livros, há ainda matemática, xadrez, charadas, muitos poemas e músicas, trocadilhos, neologismos, aglutinações de palavras... O que nos deixa com a pergunta: Lewis Carroll: fã ou *hater* dos tradutores? Brincadeiras à parte, quem já enfrentou esse "dragão" sabe bem que traduzir as Alices é um parquinho completo para quem é profissional e amante das palavras.

Que você tenha conseguido saborear o todo dessa história, sem perder de vista os detalhes. Eles são parte fundamental da experiência.

Regiane Winarski é graduada em Produção Editorial pela ECO-UFRJ e atua como tradutora desde 2008. Trabalha com uma variedade de gêneros e editoras, e já traduziu autores como HP Lovecraft, Robert Louis Stevenson, Charles Dickens, Stephen King, Rick Riordan e Maya Angelou. Recebeu o Selo Seleção Cátedra 10 – 2017 da Cátedra UNESCO de Leitura da PUC-Rio pela tradução do livro *O ódio que você semeia*, de Angie Thomas.

POSFÁCIO da ilustradora
ASSOMBROS E DESLUMBRAMENTOS
através do
PAÍS DAS MARAVILHAS
CAROLINE MURTA

Não me esqueço de uma fotografia minha quando criança que me despertava uma estranheza inquietante. Eu tinha entre dois e três anos, cabelos bem claros, e usava um vestidinho todo branco com rendas e tule. Os olhos, no entanto, saltavam esbugalhados, fitando a câmera com atenção e uma dose penetrante de estranhamento. Tudo isso dava àquela fotografia um ar fantasmagórico que me desconcertava. Parecia que, ao atravessar a foto, o olhar daquela criança atravessava também o espelho da minha alma, e ambas, tanto eu quanto ela, ao passo que nos estranhávamos, nos reconhecíamos imediatamente.

É assim, o familiar se tornando estranho, o estranho, familiar. Não é à toa que o encontro com o outro, isto é, com tudo aquilo que nos é alheio, estranho e desconhecido, podendo tanto repercutir em estranhamento quanto em familiaridade, sempre despertou em mim uma profunda atração, e não só constitui uma das forças motrizes do meu trabalho, como também é, inegavelmente, uma das maiores potências da obra de Lewis Carroll.

Confesso que quando recebi o convite mais que especial para ilustrar *Alice no País das Maravilhas & Através do Espelho*, meu coração quase parou; fui tomada por um turbilhão de sentimentos conflitantes, afinal, estava diante de duas das obras mais icônicas e atemporais da literatura. Ao passo que senti entusiasmo e uma imensa honra por contribuir com minhas ilustrações para uma edição apelidada carinhosamente de "pesadelo", o peso avassalador da responsabilidade me intimidou um pouco: minha arte estaria à altura desse desafio? Como equilibrar o sombrio e o bizarro sem perder o encanto do País das Maravilhas? E se eu fosse longe demais, ou fosse não o suficiente?

Revisitei várias vezes o texto original buscando vislumbrar como minhas ilustrações dialogariam com o imaginário lúdico e fantástico de Alice. Para isso, busquei compreender não só a dinâmica ilógica dos eventos, mas a perplexidade das emoções que os personagens experimentam naquele lugar absurdo. No entanto, como as ilustrações sempre acabam falando muito sobre o artista (e por vezes mais sobre o artista do que sobre a própria obra), foi principalmente vasculhando o meu porão de memórias, referências, assombros e deslumbramentos, que encontrei a essência da minha Alice.

No caminho tropecei em formas da Gestalt, vi figuras monocromáticas e distorcidas do Expressionismo Alemão e tomei um chá maluco com "O Homem que Ri" e seus chapéus empilhados sobre a cabeça. Me encontrei com Salvador Dalí pintando relógios derretidos e Julio Verne em um delírio Steampunk, vestindo um coelho com trajes vitorianos e aparatos a vapor. Vi Norma Desmond de *Sunset Boulevard* descendo colinas com glamour, enquanto fotografias de crianças vitorianas me observavam horrorizadas nas paredes. Aos poucos, o País das Maravilhas, ainda que estranho, foi se tornando peculiarmente familiar, e entre momentos de puro horror e diversão, encontrei o ambiente perfeito para dar vida às extravagâncias da obra.

Trabalhar com cor não é algo simples para mim, e o desafio se tornou especialmente complexo quando percebi que a decisão lógica seria fazer o ilógico, pois aqui a cor não teria a função prática de colorir o desenho, mas de destacar pontos específicos e até mesmo estratégicos na imagem. Atribuí a ela, portanto, um caráter subliminar de subversão. Por exemplo, as rosas que deveriam ser pintadas de vermelho estão pintadas com tinta rosa, mas se fizermos de conta que são vermelhas, ninguém seria louco de duvidar, certo? Nada, nem as cores, precisa ter um sentido cartesiano no mundo dos sonhos, e é precisamente essa característica nebulosa que propiciou a infusão de elementos do horror e do surrealismo nas ilustrações.

Por fim, minha intenção não foi apenas criar ilustrações que acompanhassem a narrativa, mas que pudessem contribuir na construção de outras leituras e perspectivas. Se no final das contas minhas ilustrações evocarem alguma emoção em você, leitor, seja de estranheza, de assombro, ou, por que não, de divertimento, terei alcançado meu objetivo.

P.S.: Aquela fotografia quando criança? Infelizmente a perdi*, tendo nossos olhos se cruzado pela última vez quando eu tinha aproximadamente 12 anos. E foi só porque ela era tão especial que a escolhi justamente (entre tantas outras) para uma tarefa de colagem na aula do tio Carlinhos, meu professor de, pasme, matemática. Então, para fazer jus ao imaginário lúdico de Alice, vamos fazer de conta que ela foi parar neste país onde tudo se perde e se transforma! Espero que você também se divirta encontrando todos os itens perdidos nos traços das ilustrações.

Caroline Murta é artista visual e ilustradora. Atraída pelo grotesco e pelo macabro, busca refletir sobre a condição humana e a beleza que habita na escuridão. Com isso, frequentemente suas criações dão luz a figuras em estado de horror e contemplação melancólica, muitas vezes flertando com o fantástico em suas criações. O tema da morte e do luto e as fotografias *post mortem* da Era Vitoriana também exercem grande influência sobre o seu trabalho.

* Talvez tenha ido parar do outro lado do Espelho? Busque o retrato de uma menina assustada no Caça-Objetos da página seguinte.

GELÉIA DE
LARANJA

Caça-Objetos!

MINIGAME

Apreciar arte é uma experiência que vai além da simples observação; é também a capacidade de perceber todos os detalhes, descobrir *easter eggs* e identificar elementos cômicos escondidos.

Retorne às ilustrações de página cheia para procurar os seguintes itens ao lado.

Boa sorte, e que seus olhos atentos encontrem todos os segredos ocultos no País das Maravilhas e Através do Espelho!

7	LUVAS	○
5	TORTINHAS MACABRAS	○
3	NOVELOS DE LÃ	○
15	RELÓGIOS	○
2	LIVROS DA WISH	○
22	XÍCARAS DE CHÁ	○
2	BULES DE CHÁ	○
9	FLORES COM ROSTOS	○
2	PORTA-RETRATOS, sendo um de Carroll e o outro de uma menina assustada	○

RESPOSTAS: Cena 1 (página 27): 1 relógio, 1 bule, 1 luva, 11 xícaras | Cena 2 (página 53): 6 relógios, 3 luvas, 1 livro com logotipo da Wish na estante | Cena 3 (página 62): 2 flores com rostos | Cena 4 (página 78): 1 novelo | Cena 5 (página 85): 4 relógios, 1 bule, 11 xícaras | Cena 7 (página 125): 4 tortas, 2 relógios | Cena 8 (página 152): 2 relógios, 1 retrato de Carroll e 1 retrato da menina | Cena 9 (página 169): 7 flores com rostos, 1 novelo, 1 luva | Cena 10 (página 184): 1 luva | Cena 11 (página 215): 1 livro da Wish | Cena 12 (página 267): 1 torta, 1 novelo, 1 luva.

ALICE, EDIÇÃO PESADELO

Agradecimentos

UM FINANCIAMENTO COLETIVO MÁGICO

"Se esse mundo fosse só meu, tudo nele era diferente! Nada era o que é, porque tudo era o que não é..."

Alice talvez não consiga se expressar perfeitamente no trecho da música "No Meu Mundo", composta por Sammy Fain para o filme *Alice*, da © Walt Disney Company, de 1951, mas todos entendemos o que ela quer dizer: se cada um de nós tivesse poder e controle sobre nossos próprios mundos, provavelmente não seria como a realidade em que vivemos hoje. Alice prefere sonhar e se refugiar em um universo próprio, onde a lógica e a física são distorcidas, a monarquia permanece um tanto... autoritária, e criaturas peculiares habitam cada espaço que alcança o olhar. E o seu sonho, como seria?

Nosso sonho é publicar livros lindos para os leitores e torcer para que eles se tornem verdadeiros tesouros em suas estantes. Graças ao auxílio de mais de 1600 apoiadores por meio de um financiamento coletivo, hoje temos *Alice, edição Pesadelo* em nossas mãos. Somos extremamente gratas aos nossos apoiadores pela realização deste sonho e por nos permitir acreditar em tantos outros.

Acompanhe as redes sociais da @editorawish para ficar por dentro das próximas campanhas e garantir recompensas exclusivas, pensadas com carinho especialmente para você.

Esperamos que sua experiência tenha sido mágica! Nos encontramos em uma próxima aventura.

Este livro foi impresso na fonte
Mrs Eaves pela gráfica Ipsis.

Os papéis utilizados nesta edição provêm
de origens renováveis. Nossas florestas
também merecem proteção.